共犯者

爱与空白的共谋

松本清张
短经典系列

〔日〕松本清张 著

朱田云 译

人民文学出版社

著作权合同登记号　图字01-2024-5837

Original Japanese title: KYOUHANSHA by Seicho Matsumoto
Copyright © 1980 Yoichi Matsumoto
Original Japanese edition published by SHINCHOSHA Publishing Co., Ltd.
Simplified Chinese translation rights arranged with SHINCHOSHA Publishing Co., Ltd.
through The English Agency (Japan) Ltd.

图书在版编目(CIP)数据

爱与空白的共谋 / (日) 松本清张著; 朱田云译.
北京: 人民文学出版社, 2025. -- (松本清张短经典系列). -- ISBN 978-7-02-019077-5
I. I313.45
中国国家版本馆CIP数据核字第2024EE3357号

责任编辑	朱卫净　陶媛媛	
装帧设计	钱　珺	

出版发行	人民文学出版社
社　　址	北京市朝内大街166号
邮政编码	100705
印　　制	安徽新华印刷股份有限公司
经　　销	全国新华书店等
字　　数	196千字
开　　本	889毫米×1194毫米　1/32
印　　张	10.125
版　　次	2020年5月北京第1版
印　　次	2025年1月第1次印刷
书　　号	978-7-02-019077-5
定　　价	59.00元

如有印装质量问题，请与本社图书销售中心调换。电话：010-65233595

目 录

共犯
1

恐吓者
33

爱与空白的共谋
71

发作
95

青春的彷徨
121

点
147

潜在光景
183

标本
221

典雅的姐弟
247

远距离的女囚
287

共　犯

一

内堀彦介自认为是成功人士。他所经营的"堀屋"位于福冈市中心，销售可按月分期付款的家具，如今已经名声在外。这家店的口号是"成为家具业的百货店"，短短五年时间已经广为人知，业绩也远超预想。比他更早在此处开业的同行们都颇为吃惊。

这家店之所以生意兴隆，主要归功于彦介之前丰富的销售经验。不过彦介之前做的不是家具生意，而是推销餐具，他在全国各地的百货店和批发商之间四处奔走，一做就是十五年。

以前的他总是拉着整齐地摆满样品的行李箱，全国各地到处跑批发商户，给对方看样品后，接收订单，或是以票据形式结算之前的货款。因为所有行程全都事先做好安排，所以一分钟都不会浪费，跑完这一家紧接着跑下一家。他总是步履匆匆，总是时刻关注火车时刻表。这就是内堀彦介过去十五年间的生活。那时候，经常会有人对他说："像你这样一年到头全国各地到处跑，一定见识了很多好看好玩的吧？"

彦介对这种人的无知感到气愤。他是出去跑买卖，不是去旅游的。每次都是直接从车站赶往客户处，连着跑两三家之后马上又回到车站，紧接着赶往下一个地方。他的行程每次都排得满满的，完全没有浪费一分钟。即使在火车上，他也是不停地填写订货单据，核对各店的库存，忙得连窗外的风景都没时间好好欣赏。就算忙完这些、靠着窗户呆呆地望着窗外时，他满脑子也全是订单偏少的客户、催促赊账的事宜、结算票据的良莠以及客户的意见和建议等让人焦心的事儿，完全没心思看什么风景。

晚上，为了节约住宿费，他总是住在便宜的旅店里。偶尔碰巧遇到当地是景区或是有温泉的享乐之地，他总会觉得特别郁闷。远远地看着那些逍遥自在的游客，他只能独自咀嚼凄惨的滋味，感叹同为旅途中人，为何有如此天壤之别？别人是美女做伴、身穿潮服、肩上背着相机，他自己却穿着积灰泛白的衣服，还得拖着铝制行李箱奔走。好几次，他躺在旅店单薄的被褥上，嫉妒着那些陌生的游客，夜不能寐。

五年前，内堀彦介还过着这样的生活。现如今，他的资产已经高达上千万,加上店里的存货和待收的账款,更是一个庞大的数额。现在的他,想怎么奢侈就能怎么奢侈,所以一想到过去的自己就备觉心酸。

然而,他的过去不仅有可怜的生活追忆,还隐藏着一个巨大的秘密。

最近,一想到那个秘密,他就觉得双腿发抖。

生意成功靠的是他的经商能耐。然而,启动资金却并非来自他的商业本领。作为一名销售员,他没本事存下那么大的一笔资金。穷了十五年就是最好的证明。

启动资金其实是他抢银行得来的。为此,还令一个人重伤致死。事情发生在山阴地区的M市老城下属的湖畔小镇。他当时潜入了那家旧兮兮、看上去就像毛坯房的地方银行——那家银行与那个小镇感觉倒是很般配。他从那家银行抢了五百万。

然而,那笔钱并非全都用于启动他今日的生意。其中的一半给了当时的合伙人。抢之前,他俩就是这么约定的,对半开是对方提出的要求。

抢银行必须有合伙人。他需要一个合伙人刺激自己的冒险精神,但没必要对其来路寻根究底。总之,这是一个需要伙伴的事儿。

当时和他一起抢银行的人名叫町田武治,比他小八岁，那一年三十五六岁，尖下巴，肤色苍白，整日愁眉苦脸。彦介至今仍记得他那对细长的白眼和几乎不笑的薄嘴唇。

町田武治也是一个提着装满样品的行李箱到处跑的销售员，他卖的是漆器。两人好几次在客户那里不期而遇，次数多了，他便和彦介相识了。

二

当年是由町田武治提出计划，从这个意义上来说，他是主犯。那天，两个前途渺茫的销售员住在同一个狭小的旅店房间里，聊着聊着就一拍即合。不过提出去抢那家银行的人是彦介，因为收款的缘故，他常去那家银行办业务，所以对其内部比较了解。

支行长就住在银行后面的建筑物里。他们看准了机会，晚上八点左右，等加班的银行工作人员关灯离开后，迅速潜入支行长的住所。

他们亮出尖刀，逼着支行长用钥匙打开了金库的门。当他们把现金塞满两个袋子后，支行长开始反抗。武治用刀刺向其背部。被绑着的支行长老婆脸色煞白、一声不吭。这件事之所以很晚才被发现，一部分原因就是支行长老婆过于失神。

两个人拿着包逃走后来到暗处,这才长舒一口气。他们在草地上看着远处寥落的一排灯光,暗处看上去像是湖水。虽然他们当时心情很焦躁,但依然觉得景致很美。

他们在打火机的光亮下把钱一分为二,然后彼此约定——"从今往后互为陌路,绝对不再相见。当然,也不会互相寄送明信片或打听对方住在哪里、做些什么。"他俩如此郑重起誓。

当时,彦介觉得浑身发抖,突然有一种不详的预感,于是忍不住对对方说:"町田老弟,你比我年轻,这个世界对你来说,有趣的事情也一定比我多。但就像常在报上看到的那样,如果你大肆挥霍,肯定会露出马脚。特别是女人。要是想风花雪月,记得再等几年。町田老弟,这笔钱可以用作启动资金,做些不起眼的小买卖,千万不能拿去玩乐啊。"

这时,昏暗中的町田武治噗嗤一笑:"内堀老哥,我们想到一块儿了。俗话说,中年危机,老哥你可得悠着点儿哦。"他一如既往地嘟嘟囔囔,听起来却意外地很有分量。

"是吗?听你这么说我就放心了。各自保重吧。"

彦介说完，和武治握了握手，然后道了别。当时他觉得武治的手很冷，当然，也可能是他自己的手比较热。

自那之后已经过去了五年。当年，警方展开了大规模的搜查，但终究还是成了悬案。

彦介辞去原来的工作，回到老家福冈，把对半分得的二百五十万用作启动资金，踏踏实实地开始了这份不显眼的生意。到了第三年，他觉得已经没事了，于是开始大力宣传。他觉得没事，原因其实有两方面：其一，他的生意已经步入正轨，预计未来很有增长潜力，所以他确信没人会怀疑他的启动资金的来路。他觉得世人不会对三年来一直老老实实做正经生意的自己有所怀疑。

但其实还有另一个重要原因，那就是他完全没有町田武治的消息。他每天都很认真地翻看报纸，担心哪天会看到町田武治因为某项罪名而被逮捕的消息。这是他最害怕的事。因为他觉得町田武治看上去就是那种会铤而走险的性格。一旦被捕，他一定会坦白全部罪行。

然而，这不过是彦介的杞人忧天。町田武治的名字并没有出现在任何报纸上，彦介也没有听到关于武治的任何消息。这实在可喜可贺。没有消息就是好消息。他觉得町田武治一定也在某个地方用那笔钱作为启动资金，低调地、安分地做着买卖。

一想到这里，彦介心中的大石就彻底落下。而他之所以取得如今的成就，正是因为在那之后的两年里，他毫无后顾之忧，倾尽全力开创事业。

不过，最近他突然又开始不安起来。

三

生意越做越大，资产不断增加，而且他在福冈已经获得民众的信任，作为商界成功人士的地位也已经非常稳固。他知道自己之所以能如此发达，全都是因为身处最佳的环境之中。但此时，有一股新的、强烈的危机感正袭上他的心头。

虽然他不知道町田武治现在身在何方，但肯定正在哪里活着。这让彦介觉得非常不安。

所有的犯罪行为，只有单独作案才有可能全身而退；如果有共犯，出现破绽的概率就会增大。他看了那么多的报纸，知道这个世界上很多罪行败露都是因为共犯的供述。

然而，还有比罪行败露更让内堀彦介害怕的事——自己现在腰缠万贯，以前的共犯也许会来要挟自己。

之前还没这么成功的时候，他并没这种担心，可现在他已经获得巨大的财富与稳定的社会地位，所以特别害怕不知什么时候对方就会前来要挟。

金钱、信誉和地位，他已经全部到手。能撼动他这种现状的，不是生意的不振，而是来自手握内堀彦介过往秘密的共犯的要挟。钱是赚了不少，但那个男人掌握着彦介的命门。一旦那个男人前来要挟、恐吓，必定会一而再，再而三，直到自己的财产全部耗尽。彦介想到町田武治那张整天愁眉苦脸的表情，觉得他就是会干这种事儿的男人。

彦介总觉得，此时不知道躲在哪里的町田武治一旦得知自己的成功，一定会两眼放光地来找自己。武治一定身在某处——不知道到底在哪里——但总有一天，他会盯上自己的财产，在自己面前摆出那副愁眉苦脸的表情。

町田武治到底在哪里？在做什么？彦介越来越渴望知道这个问题的答案。

之前，完全不知道町田武治的消息让彦介很放心。然而现在，这反而成了他的心病。不知道武治身在何方，让彦介产生了一种没有真实感的畏惧感，如同不知道敌人会来自何方的忧虑感。

彦介最近包养了一个情人，年近五十的他第一次有了这种体验。他瞒着老婆，悄悄地在外面造了栋小楼，让情妇住进去。他常去情妇家，因为是自己喜欢的女人，所以每次去都特别开心。然而，这种幸福将会在町田武治出现的瞬间土崩瓦解，毕竟那个女人是自己用钱供养着的。

因为町田武治，现在所有的幸福将在某一天突然从手掌中溜走。彦介有一种绝望的预感。他焦躁不安，神经疲惫，夜不能寐。

"亲爱的，你最近有点儿怪，脸色不好，整天郁郁寡欢的。会不会得了神经衰弱？一定是工作太忙了吧？要不去温泉好好放松一下？我陪你一起去吧。"彦介那可爱的小情人楚楚动人地说道。彦介心想，如果泡温泉能解决就好了。但关于这种苦恼，彦介根本没法对这个女人倾诉实情。

当然，他也认为现在就绝望可能为时过早，也许应该听听别人的意见。

到达名为"船小屋"的温泉时，彦介的脑海里突然闪过一个念头。前后没有任何关联、突然冒出来的绝妙主意到底该称其为什么才好？一定是陈词滥调般的所谓"天启"——一想到这里，彦介重重地跳入温泉池，温泉水好似瀑布般"哗"地漫了出来。

四

"我的老家在宇都宫。"町田武治曾对彦介透露过这么一句。彦介的计划就建立在对这一句话的记忆之上。

彦介猜想町田武治也许现在就在宇都宫,就像自己回了老家福冈一样。将这种猜想进一步推演,就可以得到另一个推测——武治也许在宇都宫做着什么买卖。

这是因两人之前境遇相似而引发的想象。因为之前的境遇一样,所以内堀彦介做过的事,町田武治很有可能也会做。

彦介想到的就是这一点。

他迅速赶回福冈,立刻打电话到电信局。

"我想查询宇都宫的电话黄页,上面有没有一个名叫町田武治的人?"

工作人员花了一点儿时间,然后给予了答复。听到回答后,彦介心里"咯噔"一下。

"真的有?是做什么的?"他兴奋得有点口吃。"漆器商。"

"漆器商?地址是哪里?"

彦介用笔记下工作人员所说的地址,然后呆呆地双手抱臂。一切正如他所料,反倒让他有些茫然。

町田武治果然在宇都宫堂堂正正地开着店，和彦介一样，用抢银行的钱作为本金，在老家做起了生意。两人的行为模式完全一样。

彦介稍稍安心。町田武治并没有堕落，而是取得了一定的成功，这应该是一件好事，这样就不必担心他来要挟自己。

然而，彦介仔细一想，意识到现在放心为时尚早。

町田武治的生意是否顺利？他现在过得怎样？如果生意不好、濒临破产，或是生活糜烂，那就不能掉以轻心。换言之，只要武治处于"缺钱"状态，就存在前来要挟自己的理由。

彦介想到，必须了解町田武治现在的情况。

而且不能只知道现在，还有之后。必须一直对其监视，因为不知道对方的状态或境遇何时会发生变化。对于这些变化，自己必须时刻掌握。

想到这里，彦介终于舒了口气，之前看不见、摸不着的敌人终于在自己眼前变得清晰可见。他的内心涌起一股安心感，当然，他还必须把这种安心感落到实处。

彦介连续考虑了好几天，终于付诸行动。

他首先来到邮局，以《商工特报》的名义申请开设私人专用信箱。然后调查宇都宫的地方报纸，再向当地的报纸申请刊登以下招聘广告——

招聘特派通讯员。仅限宇都宫当地居民。待遇丰厚。有意者请寄送带照片简历。年龄二十五至四十。书面通知是否录取。福冈局私人信箱××号。《商工特报》。

虽然名叫《商工特报》，但并非在业内发行的报纸，彦介只是想起一个听上去像那么回事的名字而已。

招聘广告登出后，彦介收到了很多带照片的简历，这让彦介再次意识到这个世界上居然有这么多的失业者。而且，几乎每封简历里都会附上信件，诉说应聘者自身有多穷困。

彦介从中挑选了一个人。长相看上去挺机灵，而且感觉是个老实人。这个人戴着眼镜，却没什么傲气。简历上写着他毕业于东京的私立大学，曾在某公司工作，但因为公司缩减业务而被裁员，是个运气不好的男人。今年二十八岁，已经成家。

彦介对这名新人特派通讯员发出如下指令——

每月两次报告宇都宫下述人员的经营状况；如

其个人发生特别事件，必须及时报告。绝不可让对方知晓被调查事宜。每月支付一万五千日元。除上述交稿事宜，无需联系。

调查对象是包括町田武治在内的三四个人。其他人是彦介从报社发行的《商工大观》上随便挑选的人名，这只是一种伪装，减少被怀疑的可能。对彦介而言，其实仅需要了解町田武治一个人的动态。

内堀彦介动了不少脑筋才想到这一招。他也曾想过拜托侦探社，但还是觉得不妥，因为他觉得必须有一个专职人员一直盯着町田武治。

而且不能让被雇用的人怀疑内堀彦介的真正意图。为此，要求被雇用者以业内报纸通讯的方式进行报告，这样最为安全。这也是彦介让对方不仅报告町田武治一人、而且连无关人员的信息一并调查的理由。

内堀彦介想要完全掌握町田武治的情况。町田武治的一举一动必须在他的眼皮底下被看得一清二楚。如此一来，因为不知情而产生的不安就会消失。有了特派通讯员的报告，彦介就能时刻了解町田的情况，从而判断出町田武治是否会找上门来，然后作好充分的准备。每个月花一万五千日元给通讯员就能买到这种安心，彦介觉得很便宜。

五

竹冈良一将第一份报告寄送至私人专用信箱。从他所写的内容来看，这名新上岗的通讯员干劲十足。

内堀彦介仔细地阅读报告，他其实完全不关心关于其他人的内容，只想知道町田武治的事。

町田武治在当地经营一家不大不小的漆器店。推测其资产在三百万左右。性格有些孤僻，看上去不善与人交往。但生意上的信誉很好。有妻子和两个儿子。兴趣爱好是围棋。每晚喝二合①左右的小酒。未曾听闻其有情妇。

上述即为主要的报告内容。

町田武治过得还算不错。"性格孤僻，不善交际"这一点也很符合彦介对他"整天愁眉苦脸"的印象。这些内容其实没什么大不了的，但彦介在意的就是这些小

---

① 日本容积单位，1合为0.18公斤。

细节。说实话，真要一一追究起来，可能会没完没了。

彦介在回信中表扬了竹冈良一办事得力，并下令他继续发来报告。

对竹冈良一而言，这是一份美差。只要每个月交两次稿，就有一万五千日元的收入。

也难怪竹冈良一会心存感激，还特地写了一封长长的感谢信给《商工特报》的社长内堀彦介，说想从宇都宫特地去一趟总社所在的福冈，向社长问候，并当面接受任务。

接到这封信，彦介有些心慌，生怕竹冈来福冈找自己会多生事端。于是彦介回信说，只要他继续提交准确的报告就行。

之后，竹冈良一继续详细、准确地提交报告。唯一麻烦的是，除了町田武治，连那些无关紧要的人，他也都一一详细调查。虽然他很卖力地写了很多，但彦介看都不看一眼。但也不能让其不再调查。彦介不能让竹冈良一看破自己只对町田武治一人感兴趣的真相，所以必须混入其他无关人物。

竹冈良一持续向彦介提交报告。两个月过去了，三个月过去了……町田武治似乎没有变化，生意做得有声有色。

彦介觉得这样就好。

五个月过去了。从报告内容来看，町田武治依然没有变化。彦介因此很放心。这么一来，曾经的共犯就和自己完全处于两个世界：两人就像两个点，相隔甚远，各自独立，互相孤立，而自己对他的现状始终了如指掌。

然而，对彦介的真正用意一无所知的竹冈良一又做了在彦介看来多余的事。他写信给彦介说："在下交稿已有十回，却始终未见贵社的《商工特报》。莫非在下的稿件全都不予录用？可否赠阅一份贵报作为参考？"

彦介心想，怎么可能有报纸赠阅？这个所谓的《商工特报》本来就不发行任何报纸。内堀彦介生气地回信说："本社不定期发行报刊，且只在必要时才发刊。现无任何存刊。你无需担心稿件是否被录用，只需一如既往地进行报告即可。"

之后，竹冈良一再没提出任何要求。他按照彦介的指示，只管寄送报告。彦介觉得，只要每月付他一万五千日元的报酬，他就应该没什么好抱怨的了。

半年后，彦介从竹冈的报告里读到了最担心的事情。

  町田武治沉迷于自行车赛赌博，据说投了很多钱进去。为此，家庭内部也开始产生矛盾。

彦介觉得之前那种不详的预感开始变为现实。而之后的报告进一步证实了这种预感：

最近发现町田包养情人，家庭内的矛盾并非完全因为他赌博。且町田的经营状况严重恶化，已经开始靠借高利贷周转资金。之前对其经营状况良好的报告实属因调查不充分而导致的误报，特此致歉。

之后，彦介又收到这样的报告——

町田濒临破产。传闻近期或将关店停业。

同样内容的报告收到三四次后，终于，彦介收到了这样的报告——

町田彻底败落。店铺已关，并离开该市。据悉其前往千叶市，开始做漆器的小买卖。

六

内堀彦介咬着指甲，焦躁不安。町田武治生意失败，迁至千叶，而且事态还在继续恶化。彦介觉得必须更加密切盯牢武治。

竹冈良一继续认真地发来宇都宫的商业报告，但没有了町田武治的宇都宫对彦介已毫无价值可言。

彦介也想过解雇竹冈良一，在千叶市另寻新的通讯员。然而，他最终还是决定把熟练工竹冈派去千叶。就算重新招聘，也未必能招到理想的人手，而且以目前为止的工作实绩来看，彦介认为竹冈还是可以让他放心的。

于是，他命令竹冈良一调任至千叶市。竹冈一口答应。虽然竹冈开口要了不菲的安家费，但彦介觉得这也无可奈何。

过了半个月，竹冈从新赴任的千叶市发来报告。虽然和之前一样，有很多彦介根本不会看的内容，但至少有彦介想知道的町田武治的消息。

町田武治在当地沦落为不入流的小商贩。之前的那个情人也一并跟来。家庭内部依然矛盾重重。按照个人判断，町田已不具备对其进行调查报道的价值。敬请指示。

彦介觉得这话说得没错。沦落到这种地步的町田武治确实不足以成为商报报道的对象。然而，彦介想知道的恰恰正是此时的町田的消息，对他今后的动向，也必须时刻掌握。

彦介有些犹豫，自认要继续伪装本意会很难，颇有顾得了头就顾不了脚之感。但结果，他还是书面命令竹冈要特别注意町田武治的情况，并及时予以报告。

竹冈服从命令，在之后的报告中对町田继续跟踪报道。三个月后，他在报告中提到町田武治再次失败：

町田已关店并离开千叶。老婆回了娘家，与情人也已分手。町田在当地有个表哥，碰巧在下认识，根据町田表哥所说，町田已经去了大阪，几乎身无分文，连车票都是表哥出钱买的。尚且不知其在大阪从事何种工作，估计会与其表哥联系。

町田武治已经彻底破产——这正是彦介最害怕的情况。而且町田武治在这种最危险的情况下，从自己的视野中消失不见。

彦介没有就此放弃，他觉得不能在这个时候放弃。迄今为止，自己每月付给竹冈薪水获取消息的目的就是监视町田武治，从现在开始，更有必要继续监视。

彦介对竹冈下令，让他从町田表哥处打听町田的下落，并及时详细报告。彦介还找了一个冠冕堂皇的理由——町田的个案是商人没落的典型，想做一份完整的追踪资料。

竹冈良一受命发来了后续报告：

> 据其表哥所言，町田武治在大阪做领取日薪的短工。

竹冈继续报告：

> 町田在神户打短工。

之后的半年里，竹冈不断发来报告：

> 町田辗转至冈山，在当地做建筑工人，住在集体工棚里。
> 町田现在身在尾道，具体工作不明。
> 町田已到广岛，曾寄明信片给他表哥说靠打短工谋生。
> 町田在山口县柳井市，不知从事何种工作。

看到这里，彦介已经完全明白了町田武治的行动意义。

没落的町田武治并非毫无目的地流浪各地，他有一个明确的目标。

町田武治离开千叶后，一直慢慢地向西行进。

为何要向西行进？因为他在寻找——寻找曾经的共犯内堀彦介的所在。

彦介虽然并没有告诉过町田武治自己的老家在哪里，但含糊地说过在西面，所以彦介觉得武治现在一定是按照这条线索来找自己了。而且武治一定会猜到自己会用那笔钱从商，也可能会去那些二线城市的商业街逐一走访，搜寻。

彦介浑身颤栗，他觉得町田武治一定正在朝自己所在的福冈步步逼近，并且不久就会发现，曾经和他一起抢银行的共犯如今正卖着家具，生意兴隆。

七

彦介非常恐慌，两眼发黑，不用看镜子都知道现在的自己肯定脸色煞白。

彦介认为，町田武治看上去好像在流浪，其实在步步为营地靠近自己，而且方向精准无误。换言之，自己的毁灭之日正在日益临近。

彦介不知该如何是好。在福冈，内堀彦介已经是一名成功的富商，町田武治不可能对此视而不见。

彦介感到"即便抵抗也徒劳"的绝望命运正渐渐朝自己逼近。

町田武治现在身处山口县的防府市。町田武治现在身处宇部市。

现在正在下关市打短工。

竹冈良一认真、持续地报告着——

现已到达小仓，不知其有何打算。

彦介看到这里，心想武治终于来了北九州市。他的方向和搜寻的步履没有丝毫偏差。彦介坐立不安，觉得头脑充血，浑身汗流不止。

竹冈又发来报告：

町田在小仓患病，目前正卧病不起，生活上形同乞讨，在深山小屋中独居。以上内容来自其寄给表哥的明信片。在下看过那张明信片，顺带将其通讯地址附上，供您参考。

彦介揉了揉眼睛，突然觉得耳边响起莫名其妙的声响。他立刻站起身，来到一个别无旁人的安静场所，双手抱头，陷入深思。

所有的幸福即将离自己而去。能将自己的一切抢夺走的只有一个男人，而那个男人正朝自己越靠越近。他站在自己面前的一瞬间，内堀彦介是银行抢匪这一真相就会被揭开。这种恐惧至死无法摆脱。这个男人若是豁出去，任何时候都可能抱着自己这个富豪共犯同归于尽。这对他来说再容易不过了。町田已经没了家，没了钱，随时都能破罐子破摔。他一定会和自己作比较，发现自己这个共犯稳坐成功者的宝座之后，一定会心存嫉妒和憎恨。

町田武治一定想好了要榨干自己吧，所以才会急红了眼地一路寻来。也许这是对已取得成功的共犯的一种报复。手握自己生杀大权的人正是町田武治，他可以随意地放松或收紧捆绑着自己的那根绳索。

必须想办法逃脱。町田武治马上就会来到福冈，自己必须逃脱，必须从他的绳索中抽身。

彦介揪着头发拼命思考。他觉得浑身发热。想了很久，终于，他想到一个好主意。町田武治现在病倒在小仓，形同乞丐地一个人住在山中小屋里。这正是自己的绝佳机会。彦介想到这里，忍不住大叫一声。

他擦了擦汗。

彦介开始着手准备。这其实很简单，晚上去郊区的五金小店里买把小刀，没人会知道。这小刀是高中生都可以使用的普通刀具，对他而言却是救命之物——结束一个人的性命，让另一个人得以活命。

他对家人说自己出去办事，特地选了傍晚时分抵达小仓的火车班次。

到达小仓站，太阳已经下山，很快就到了看不清人脸的时分。这正合彦介心意。车站里挤满了下班的人，这对彦介而言也是有利条件。

彦介朝山脚走去。黑漆漆的群山将暮色迟迟没有降临的天空裁切出来，彦介觉得报告中所写的地址大概就在这附近。他曾在这里住过，对这一带的地理相对较为熟悉。

冷风吹在他的脸上，但他的身体发抖并非只是因为寒冷的空气。看不清住家之后，彦介开始走上昏暗的上坡路，闻到泥土和枯叶的气息。彦介停下脚步，朝四周看去，满眼只见黑漆漆的树林。他下定决心，掏出了手电筒。

八

彦介花了三十分钟，没费什么工夫就找到了那间小屋。小屋是木板墙，屋顶是旧铁皮，屋顶上压着几块重石。

彦介在挂有草席的门口处站了一小会儿，口袋里装着买来的凶器。他再次握了握，确认小刀的存在。这时候，之前战栗的身体反倒不再颤抖了。

彦介推开草席做的门，朝屋内迈入一步，立刻闻到一股扑鼻而来的恶臭，是鱼和蔬菜腐烂的那种臭味。

他左手举着的手电筒射出一道细细的光束，照见一个用破被褥盖着的人形。

"町田，町田老弟，是你吗？"

瞄准目标后，他关掉手电筒，叫了几声町田武治的名字。黑暗中，他好像看到被褥慢吞吞地动了动。

"是町田武治吧？"彦介握紧小刀的刀柄。"嗯。"

黑暗中，他听到呻吟般的回复。他朝着声音传来的方向猛地扑了上去。

最先触碰到的是被褥，紧接着，被子下面顶起一股强大的力量，感觉就像跳到弹簧上被重重弹起。黑暗中，他觉得自己的肋部受到重击，一下子疼得趴倒在地上。

突然，一束刺目的光线照在彦介的脸上，让他一时间没能睁开眼睛。对方手里拿着手电筒，大笑着。这声音在彦介听来与记忆中町田武治的声音完全不同，是一个年轻人的声音。

"谁？！"彦介的声音里夹杂着怒气与恐惧。

"您终于还是来了，内堀先生。我是竹冈，被您雇用的竹冈良一。"说话的这人双手叉腰，收起笑脸，开口说道。

"什么？竹冈？"彦介大吃一惊。

"本该向您问候'初次见面请多关照'。不过现在这情形下，如果问候您，您会觉得有些怪吧？"

对方的声音虽然听起来很年轻，语气却非常沉着。

"刚被您雇用那阵子，我也没想过会发生这种事情。对了，我忘了该向您道谢，真的非常感谢。收了您那么多酬劳，现在却变成这副情形，真的非常抱歉。是我不好，恩将仇报了。但我就是天生爱刨根问底。在向您提交报告的过程中，我嗅到了犯罪的气息。"

自报家门叫竹冈的人看上去满心抱歉地说着。彦介此刻却被他压制着完全动弹不得。

"一开始，您虽然自称商工特报社，却从来不给我寄报纸，我就觉得有点儿奇怪，但当时并没有太在意。然而，当我向您报告说町田武治搬到千叶后，您命令我也调任至千叶，那时候起我就开始觉得不对劲了。然后意识到，原来您想知道的只是町田的消息。之前您虽然为了不让我察觉到您的本意，特地让我同时调查了其他人的情况，但从最重要的町田搬至千叶起，纸就包不住火了。我就是在那个时候知道了自己真正的任务。换言之，我是您派去监视町田武治、向您通风报信的。后来您还下令让我特别留意町田的情况，这进一步证实了我的猜测。"

竹冈良一说到这里，动了动身体，调整了一下姿势。

"我当时就开始琢磨这究竟是为什么。我有一个怪癖，天生爱刨根问底，所以作了一个尝试——骗您说町田武治离开了千叶。"

"什么？你骗我？"彦介不由得叫了起来。

"对不起，非常抱歉。其实町田仍在千叶，仍做着漆器小买卖。但您马上就上了我的当，急着让我从町田表哥那里打听町田的消息。我当时仿佛能看到您脸色大变的模样。其实他哪有什么表哥，都是我杜撰的。之后我继续编故事，让您以为町田正一步步朝九州走去。您每次都会要求我详细追踪报告。您的每一次命令都让我感到您当时正被一种非比寻常的力量胁迫着,所以我想到:'非常重大的事情'也许与犯罪有关。"

虽然隔着被褥听上去,声音远远的,有些微弱,但竹冈的讲述没有停下:

"于是我拜托侦探社对町田武治和在福冈局拥有私人专用信箱第××号钥匙的您进行调查。侦探社回复说,只知道你们的现在,对两位的过去无从得知。但他们提到了一点——也许只是偶然——你们之前所在的公司虽然不同,但都曾是在全国各地到处跑的销售员。而且在六年前,就像说好了似的,你们俩同时辞职,又几乎在同一时间开始经营现在的生意。

"更为重要的是,你们两人的巨额启动资金都来路不明。你们都没有外债,而是靠一己之力开创了事业。这未免太过一致,让我觉得非常可疑,所以我想到了你俩之间一定有什么共通之处。而且您雇我去监视町田,让我不断追踪町田的动向,这让我意识到您很害怕町田,害怕受到他的威胁。结果证明,我猜想的一点儿都没错。

"我迅速从千叶来到小仓,准备好一切,然后写信告诉您町田在小仓,为的就是等您过来。若是您当时仔细看过那封信的邮戳,就会发现寄信地不是千叶邮局而是小仓。我瞅准了您肯定会来这里见町田，因为您已经惧怕町田到了无以复加的程度。为了保守你们两人之间的秘密，您来到这里。我还猜到您有可能想要杀死町田，所以特地设了这个局，请君入瓮。

"说到底，没有证据，警方就没法展开调查。为了便于警方采取调查措施，我创造了这个条件，让您自己用行动成为现行犯。一切都如我所料，您带着凶器袭击了我。非常抱歉。对了，那些人该来了。我所不知道的一切——关于您和町田武治的故事，不久就会大白于天下。"

说完，竹冈良一吹了声口哨。紧接着，从屋外昏暗的草丛里传来了警察的脚步声。

恐吓者

一

一连下了三天的雨,刚刚晴了一天,当天半夜又开始下雨。

早上的雨势还不算大,但一过十点就变为倾盆大雨,视线所及唯见雨水,甚至让人感觉已不是在下雨,而是大水在疯狂地殴打地面。雨声哗哗作响,形成的水烟让眼前朦胧一片。天空积满像是染了墨汁的乌云,昏暗如暮。

事后调查发现,这一天的降水量高达六百毫米。东京地区的年平均降水总量约为一千五百毫米,换言之,这一天降落的雨水相当于全年降雨量的三分之一。

人们大多在家里缩成一团,战战兢兢,呆呆地看着屋外肆虐的暴雨。可怕的事还是发生了——福冈、熊本、佐贺等九州各县共有六百六十名死者、一千名失踪者,多达六千人家宅全毁,无家可归。

上午十一点左右,筑后川突破了警戒水位。红色的奔流漫过堤坝，以迅猛之势一泻千里。

之前还是两岸青草如茵、牛羊成群的温柔河水，此刻却已面目全非。

赶到河岸从事警戒工作的防汛员都对这副惨状唏嘘不已。"堤坝看来危险了。"有人说。

筑后川、矢部川已经多次泛滥成灾。每一次的洪水似乎都在诉说着日本水利工程的问题。

"堤坝危险！"这句话让原本就心惊胆战的人们心头更添黑色恐惧。

K拘留所位于筑后川往南一千米左右的地方，这里关押着两百名犯人。

一听说堤坝有危险，拘留所的所长决定将所有犯人转移到与拘留所相邻的地方法院分院的二楼。拘留所是一层楼的老房子，一旦决堤，房子肯定会被冲垮。

"让所有犯人从牢房里出来集合。"胖胖的老所长对下属下令。

因为这场暴雨，今天来到拘留所出勤的管教人员非常少，当天出勤的七名管教人员要负责看管两百名犯人。

两百名犯人从牢房里出来整队集合后，所长带领他们来到地方法院分院的二楼，让他们待在空房间和走廊里。

从牢房里出来的犯人们都很高兴，脸上重现活力，看西洋景似的看着窗外的大雨。外界都在为这场暴雨而焦躁、骚动，但被关了很久的犯人们不以为然，反而饶有兴致。他们对外界本来就抱有敌意。

两百名犯人里有人盘腿而坐，有人抱着膝盖，一个个都还挺老实。因为感觉上仍是在拘留所里，所以没给他们戴上手铐。七名管教人员分散站立着。

下午一点左右，天空渐渐变亮，雨势开始变小。然而，就在人们逐渐舒展眉头之际——仿佛是老天故意嘲笑人类的天真——筑后川决堤了。

红色的浊流疯狂地涌入市内。惨叫声不绝于耳。街道变成了湍急的河流，流水激起水花冲进人们的家中。巨大的水流冲毁房门，将其卷入旋涡中继续一路奔流。法院分院的房屋开始摇晃。

水位继续上升。房屋的飞檐被水淹没，飞檐之下全都沉入水中。

流水如离弦之箭奔流不息。朝外看去，有人被卷入洪水，甚至来不及发出惨叫。

这时，沉不住气的犯人们骚动起来。

"所长，这里也很危险！应该放我们自由！"

"当性命受到威胁时应该释放我们。这是规定！"

"没错！没错！"

众犯人挥手大叫。所长非常狼狈。

"安静！"

"不许闹！不许闹！"

七名管教人员拼尽全力压制犯人。

没过多久，犯人们再也坐不住了，一个个全都站了起来。两百名犯人个个杀气腾腾，因眼看就要发生骚动而兴奋不已。

"所长！放了我们！让我们走！"

"放人！放人！"

众犯人哇哇大叫。

所长举起手说了几句，但已经没人在听。

"镇定！镇定！保持队形！不许散开！安静！"

七名管教人员死命地压制犯人，每个人的脸上都冒出油腻腻的汗珠。

突然，响起了异样的叫嚷声。

靠近窗边的一排犯人里有人突然纵身跳出窗口，跃入奔腾的浊流之中。之后的几秒钟内，四五个犯人跟着跳了出去。

结果总共有二十三名等待审判的犯人跳入洪水集体出逃。

二

尾村凌太忘我地跳入泥流中。他是渔夫的儿子,水性了得。他本来没打算出逃,但看到其他犯人纷纷跳进水中,忍不住也从窗边一跃而出。

他在水中本能地避开民居密集的方向,游向人烟相对稀少的地带。

这是一种犯罪者的心理。

凌太因伤害罪被捕,已经送检,尚未判决。斗殴中,他将对方刺伤。当时的情形是:如果不刺向对方,自己就不知道会被怎样。只能说双方都有责任,他并不觉得自己有错。在他这种男人的意识中,打架和赌博都不是什么罪。

让他觉得有些内疚的反而是从拘留所逃走这件事。趁着管教人员人手不足而逃走,其实就是一种越狱。这绝对是一项重罪。

就是这种意识使得他朝人少房稀的地方游去。

水里有很多杂物。被冲垮的屋子、衣柜之类的家具、木板、电线杆以及树木,其中最危险的就是数不清的木材。

筑后川的上游是木材产地。从丰后地区的深山里砍伐的松树、杉树和柏树被集中到日田附近的镇上。日田是两条河流的交汇处，作为水乡，这里经常因为河水泛滥而受灾，集结在此的木材自然也会被冲入河流。

凌太一边游，一边小心地避开这些危险物。他感到水势非常急，身体快要被水流带走。他打算朝着与市区相反的方向游过筑后川，逃去地广人稀的乡下。为此，只能朝水势愈发汹涌的方向前进。

渐渐地，凌太感到疲惫不堪，一度逞强的他终于意识到自己没本事战胜这道奔流逆行。游在这洪水之中本身已经变成一件危险之事。

他放弃之前朝没人方向游去的计划，看到一户人家便游了过去。这栋房子的台阶已经没入水中，只有二楼部分还露在水面上。

凌太抓住一根柱子，爬上勉强露在水面上的一楼屋檐。原本种在院子里的树木此刻如水草般在洪水中摇曳不定。

跨坐在二楼扶手上，凌太感叹这真是一栋豪宅，泛着黑色光泽的房柱、墙上的挂轴画卷、装饰摆设、新绿色的榻榻米……对于不久前还在昏暗牢房里度日的凌太而言，这栋房子就像宫殿。

他脱去湿透的囚服，像在自己家一样打开壁橱的门。瞬时，他的眼前一亮。他看到一套色彩艳丽的被褥，上面盖着雪一样白的布，还有干净的睡衣，是一套深蓝色的男款。

凌太拉出睡衣穿上，然后横躺在榻榻米上，全身放松，舒服得不想起来。

这时，他由衷地感到自由真好，连包围着这栋房子的浊流的水声都没能影响他的好心情。他甚至想开口唱歌。

就在这时，他听到有脚步踩在榻榻米上的声音。"啊！"一个女人大叫起来。

凌太吃惊地跳了起来，只见一个年轻女人脸色苍白地愣在他面前。他本以为这栋屋子里没有别人，没想到居然还有。凌太吃惊地看着女人。

女人看上去二十三四岁，是个美人，此刻却眼睛瞪大，脸色煞白。

"对不起，打扰了。"凌太低下头，一时间想不出能说什么，只能先唐突地寒暄一下，"您是这家的太太吗？真的好惨啊，我是被大水冲到这儿的。"凌太如此说明自己的来历。

对女人而言，这个理由不足以让其安心。毕竟凌太现在身上正穿着本属于这个家的睡衣。女人用夹杂着恐惧却又非常犀利的眼神看着凌太。

"你是谁？"女人用颤抖的声音问道。

"我是被大水冲到这儿的。好不容易抓住贵府的柱子爬了上来，这才得救。"凌太说，"太太，能给支烟抽吗？"凌太一点儿都不客气地说道。他说这话其实是为了让对方放心。他从放在桌上的盒子里抽出一支烟，叼在嘴里。

女人看上去依旧非常不安，身体僵硬。凌太见再没别人出来，确认女人是独自在家。

"太太，您是一个人吗？没来得及逃走吗？"凌太说。

女人的脸色更加苍白，视线游离，露出一副被看穿弱点的恐惧表情。

"出去！"女人张开僵硬的嘴唇。

"出去……"凌太刚想大笑说"让我出去再跳进水里吗"，但就在这时，房子突然重重地震了一下。

"危险！"凌太大叫。

三

凌太探着身子朝外面看了看，这栋房子的墙壁上已经被插入四五根巨大的木材。之后还会有更多像是从火柴盒里散落出来、数不清的流木。若再有更多的木材撞过来，这栋房子肯定会因为承受不住分解力而散架。

"太太！要出去的不只是我，你也得出去。你看，这房子快散架了。"凌太指给女人看。

房子仍在继续晃动。

女人下意识地朝凌太的方向跑去，但眼神里依然带着恐惧，鼻翼翕动，呼吸急促。

"你的丈夫呢？"

"出差了。"女人终于说出实话。"还有别人吗？有小孩吗？"

女人摇摇头，因为害怕，嘴唇一直都没合上。"是吗？会游泳吗？"

"会一点儿，但这么大的洪水……"

"没事。你抓紧我。"

女人瞬间朝后退去，但凌太强有力地拉住她的手。若再不逃，等房子被冲毁就全完了。

"快！我们跳出去。水里有各种东西，一定要小心避开。"凌太抱起女人挣扎的身体，跳入浊流中。

入水的瞬间，凌太看见女人激烈挣扎的模样，非常吃惊。她刚才明明说自己会一点儿游泳，但现在看来像是根本不会。女人一会儿抱紧凌太，一会儿用脚踹他，一会儿又钩住凌太的脖子。

水位越来越高，水势越来越猛，与刚才完全不同了。凌太感到身体快放弃抵抗似的随波逐流。他觉得非常狼狈。

女人在水里胡乱扭动，凌太被弄得就像身体绑了铅块似的，急速下沉。

不知过了几分钟，也不知道被流水冲了多远——凌太对时间和距离已经完全没了概念——只觉得身体钩到某样硬物，他赶紧拼命将其抓住。脚踩到实处后，面部终于得以露出水面，他吐了口水，深深地吸了口气，这才发现自己抓住的是一段桥桁①，桥的上部已经完全被大水冲走。

这时，凌太才发现女人依然没有离开自己的身体，他的一只手一直无意识地搂着女人。

好不容易费劲地爬上岸，凌太将女人放下。女人脸色苍白，昏了过去，似乎呛了不少水。

说是上岸，其实并非普通的河岸，而是一处高地，上面有很多树木，还有麦田。低地的树林已经被海水一般的洪水吞噬过半。

---

① 指桥梁架空的骨架式承重结构部分。

等待收割的麦子显露出成熟的金黄色。凌太将女人放在麦田里,长长的麦梗倒下,成为天然的床垫。

凌太抱着女人,觉得和在水中抱着的感觉很不一样,明明是冰凉潮湿的皮肤,却有一种难以言状的温暖。女人的身体很沉,还有些黏糊糊的。凌太脱去女人湿透了的上半身衣服。

虽然才将近五点,却因黑云密布,已如日暮般昏暗。在这种昏暗的反衬下,女人的身体更显白皙。

凌太单膝跪地,令女人俯身趴在自己撑起的一只膝盖上,一只手扶住女人的额头,另一只手拍她的背部。女人无意识中难受地吐了好几口水。

在海边长大的凌太,知道如何对溺水的人进行施救。所幸雨稍稍停了一会儿。

帮女人吐完水,凌太让其仰面躺下。女人仍没醒过来,白皙的身体瘫软无力。

凌太的表情变得很是认真。他猛地跨在女人身上,双膝着地,双手手掌压在女人身体上,按照一定的频率向下揉又突然向上搓,一、二、一、二地给女人做人工呼吸。

女人的上半身随着人工呼吸的节奏而晃动,她头发散乱,双眼紧闭,鼻子的形状俊俏可人,嘴唇半开,可以看到亮白的牙齿。

凌太的呼吸有些急促起来，十五分钟、二十分钟……似乎马上就要冒出别的念头。

这时，女人的嘴角吐出一缕气息，身体微微动了一下。女人终于醒来，凌太松了一口气。

女人睁开眼，却只是茫然地睁着眼，意识并没有完全清醒过来。她不可思议地看着凌太。

"你终于醒了。"凌太对女人说。

女人这才意识到自己身上跨坐着一个上半身赤裸的男人。"啊！"女人从喉咙里挤出一声大叫，似乎已经意识到她自己也是光着上身，而且还是以那种尴尬的姿势。凌太着急地想向女人解释。

但不巧的是，他突然听到了脚步声，看到两三个人正朝他俩走来。

身为囚犯的凌太本能地选择了逃跑。

逃走之前，凌太凑近女人的耳边轻声辩解说："太太，没什么可担心的。"仓促间，凌太有些慌不择言。他没想到自己说的这句话可以有两种解释，其实他明明可以说："没有发生你所担心的事。"

女人把凌太的话误解成了另一种意思，放声大哭。

四

相当于九州脊梁处的深山溪谷里,河流的上游向下蜿蜒。如今这里正在建造水坝,建成后将利用溪流进行水力发电。

一九五一年动工的这项工程施工到了现在,一半都还没完成。据说竣工后日发电量有望高达一万多千瓦。

从九州西海岸干线的火车站换乘支线,朝山中方向行驶三小时,到达终点后再坐四小时的大巴,然后乘坐一小时工地的专用卡车,才能到达这里。地理位置上,交通非常不便,海拔五百六十米,溪流深邃,两岸夹山。

尾村凌太受雇在这里做劳工。

那年洪水之后,又过了一年,凌太辗转各地,靠打零工过活。虽然时常感受到可能被捕的危机,但毕竟已经过去了一年,不安的感觉渐渐转淡。

即便如此,在某地看到水坝招工的消息后就立刻来应征,所考虑的还是在于这里位于深山之中。

"能有多少报酬?"凌太问招工人员。

"一天四百日元,夜班另有补贴。你要是身体好,多干多得。"招工人员上下打量着晒得黝黑的凌太。凌太身高五尺七寸①,二十七岁,年轻力壮。

"伙食开销要多少?"

"一日三餐一百五十日元。被褥每条十五日元。另外还有日用品开销,但花不了多少钱,肯定有的剩。"

"不会要挤在大棚里睡吧?"

"开什么玩笑?现在可不比以前。如今有法律规定,根据《劳动基准法》,一天只能工作八小时。生病了有医生来治疗,直到康复后才继续工作。还有其他福利设施哦。"

"那我就来吧。"

就这样,凌太来到了这里的工地。因为是远离都市、层峦叠嶂的深山工地,所以他觉得很安心。

以工地为中心,周围还有很多其他建筑。施工单位的高管居住的独栋别墅和承包商的员工宿舍都很气派,凌太所住的工棚却是一栋简陋的板房,里面分隔成不同的单间。

其中一个被叫作工头的老大,下面有一个负责分工的,外加一个管账的,这三个人住在较大的房间里。剩下十三平方米左右的空间里睡了十个人。凌太所在的施

---

① 约为一米七三。

工队一共有六十个人。

像这样的施工队在名为△△组的承包商下面有几十支。

使用挖掘机、传送带或身兼卡车司机等职务的熟练工在称呼上和其他人有所区别，不叫劳工，而叫技工。

被称为劳工的是诸如凌太这种没什么技能的杂工，主要从事运土、推手推车、挖岩石等粗重工作。

"你去做这个。"负责分工的人命令凌太进入挖掘岩石的小队。原石被机械粉碎后靠传送带运送，制成水泥后倒入堤坝的框架内。这些都是大规模的机械操作。凌太看到被用来采集原石的山体露出地表，耸立在自己眼前，但也只是抬头就能看到山顶的高度。凌太跟着大家登上这座山。

使用炸药进行爆破的声响令地面震颤不已，在四周的山谷间造成响雷般的轰鸣。

凌太很喜欢听这种声音。

空中的白云仿佛在近处流动。放眼望去，深绿色的山岳如波涛般起伏，其中好几座山高度超过千米。

朝下看去，溪流隐约可见。竣工后将会有高一百三十米、宽一百四十米的白色水坝，现在只完成三分之一的高度，正夹于绿色的溪谷间。

运转着的传送带、卡车、俯瞰像豆子般的劳动者、闪着光的建筑物的屋檐、轰隆作响的机器声……这一切都是在削切自然界的深山幽谷的人工壮举。

"啊……"凌太在工歇的时候一直会坐在岩石上望着这番情形,他觉得这时候的香烟特别味美。

"喂,你又在看什么啊?"一旁的加治宇一朝凌太打招呼。加治三十出头,来自大阪,一直四处流浪,和凌太一样是劳工。两人住在同一个工棚里,也是赌友。

"嗯?"

"喂,快看那个!"

凌太朝加治指着的方向看去,发现山下有两辆蓝色轿车正沐浴着阳光朝山上开来。

"那是什么?"

"据说是Ａ电分所的所长,今天第一次来视察。"

负责监督工程的施工单位Ａ电力株式会社也有职工被派到这里。他们的高级员工住在独栋别墅里,其他人则住普通宿舍。电分所的所长最近刚换了人。

"哦。"凌太茫然地眺望着汽车的方向。

五

两辆汽车在石原山前停下。车上下来六七个人,站成一排朝山上看。中间的两三个男人似乎在做说明。施工队的头头跟在一个男人后面,看模样,这个男人应该就是新来的所长。

不过,凌太的眼里完全没有那个男人,他正目不转睛地盯着男人身边的女人,她穿着纯白色运动款连衣裙,看上去很有韵味。

凌太觉得那张脸好像在哪里见过。他突然想起,就是那个时候的那个女人!他从拘留所里逃出来后一起在浊流中游了一遭的女人、自己还曾为她吐水、做人工呼吸的女人。一年前的那张脸,凌太压根没忘记。

凌太觉得太不可思议。他怎么也没想到居然会在这里再次见到这个女人。世界那么大,怎么偏偏在这个小地方再次见到这个女人、A电分所新所长的夫人呢?

女人当然没有注意到凌太。听完说明,大家又回到车上。车子锃亮耀眼,一看就是高级轿车。

车子开走后,一旁的加治说:"怎么样?那女人很不错吧?好久没见过那么美的女人了,在柏部可找不着这么美的。要是能和那女人睡一晚,三千日元我都愿意出。"

柏部是距离水坝二里远的山间温泉区,那里有廉价的卖艺人和妓女。加治有时候会去那里找乐子。

"怎么样，阿凌？你刚才看得口水都快掉下来了吧？今晚可别想太多，会做春梦哦。"加治张大嘴笑道。

凌太默不作声地陷入沉思。

这天晚上，他赌钱输了不少，总觉得有心事，没法集中精神。

赌场开在另一间工棚里，是距离工地最远的一间工棚，后面就是溪流。虽说警察很难监管到山上，但他们还是选择了相对避人耳目的地方，因为劳务科毕竟禁止他们赌博。每次，他们都一边听着山谷里的溪流声一边争抢好牌。

因为大家都知道彼此赚多少，所以不会下太大的赌注，也就是两三百元的小赌解闷。

凌太今天输了六百。加治瞥了凌太一眼："咋了？这就万岁了？"他自己觉得还有胜算，所以决定留下。加治所说的"万岁"就是举手投降、收牌走人的意思。

凌太朝自己的工棚走去，却突然在半路上停住了脚步，转而朝A电分所的别墅方向走去。之前，他从来没有过这种念头。

别墅建在可以俯瞰工地的高处，通往别墅区的道路很宽敞，还特地造了花坛，种植了很多花草树木。

凌太爬到花坛上朝上看去——在这无人的深夜，在星空的背景下，他看到三栋外形一样的别墅的黑影耸立在眼前。凌太知道最左边就是所长住的那栋。

透过窗户，凌太发现屋内没有亮灯，漆黑一片。

就在其中一户人家里，那个女人正在睡觉——凌太想到当年在自己双膝之下仰视着自己的那个女人的脸。

此刻已经全然没了白天的机器喧嚣声，只有黑夜深山的瘴气一丝丝侵袭着凌太的肌肤。

从第二天开始，凌太白天一边劳动一边朝别墅区方向望去。别墅建在高地上，从工地看过去，比凌太昨晚所见的感觉小了不少，在太阳的照耀下呈现明媚的氛围。凌太的视线总是投向三栋别墅中最左边的那栋。

凌太没看到有什么人出入。他一直想再见到那个女人，但是连影子都没看到。

凌太想见那个女人。见到后，他也没什么特别的意图，只想说说话，毕竟他们曾经一同在洪水中共游而又大难不死。凌太觉得有些怀念当时的情形，但也只是怀念，仅此而已。

他也想过直接上门造访，但工作日肯定没法去，而且自己又那么脏，另外还得避开工头及其他人的视线。于是，他决定下雨的时候去，因为下雨就会停工休息，工地上的人会变得较少,这样就能在不易被人看到的时候上门造访——凌太如此下定决心。他觉得晚上去并不妥当。

因为是按日结付工钱,所以劳工都很讨厌下雨。凌太却期待快点儿下雨。

之后的两三天,一直晴空万里。

"要是下雨就好了。"下班路上,凌太看着天空说。

"说什么胡话!下雨我们就没饭吃了!"一旁的加治说。终于,雨来了。

六

凌太换上一件干净的衬衣和一条不太脏的裤子走出工棚。因为没有伞,所以只能戴一顶工作帽,披上雨披。

在房间里没事儿躺着的加治抬起头打趣道:"哟,帅哥!这一大早的,是打算去柏部找姑娘吗?"

凌太爬上山坡,一路上兴致勃勃,心想见到自己后,对方一定会大吃一惊,会和他一样非常怀念过去。

来到通往别墅区的大路上,凌太的脚下出现一条铺着碎石子的漂亮小路,凌太朝左边那栋楼走去,觉得自己的心跳越来越快。

别墅的正门非常漂亮,与工棚相比,简直有天壤之别,凌太有点儿不敢从正门进去,于是绕到后门——擦得干干净净的玻璃窗上挂着圆点纱窗,隐约看得到屋内的陈设。

凌太突然大吃一惊,停下了脚步。

后门没锁。屋内,穿着白色围裙的女人从门缝里看到了凌太,吃惊地像被电击了似的愣在原地。

女人瞪大了眼,露出极其惊恐的表情,脸色煞白,嘴唇发颤。

凌太也很吃惊,这是一年前女人在那间屋子里见到凌太时一模一样的表情。

"太太……"凌太刚打了一声招呼,女人就立刻转身逃进屋内。

凌太惊得说不出话来,盯着从屋内发出声响的后门,心想:这女人是怎么回事?所长的妻子有那么了不起吗?看到之前的救命恩人成了劳工,连话都不爱搭理了?

凌太握紧拳头,愤怒化作呼之欲出的吼叫,有一种想要破门而入的冲动。

不过,他还是好不容易忍住了,摸摸胸口告诉自己,谁稀罕!臭婆娘。

他朝地上吐了口唾沫,心里非常不痛快。

他转身离开，骂着脏话。才走了十步左右，突然听到身后的门开了，心里咯噔一下，回头一看，是那个女人跑了过来。

凌太大惊，心想：这是怎么了？

女人跑到距离凌太三步远的地方停下来，双眼盯着凌太，眼神严肃，甚至有一种要拼命的感觉。

"请不要再来这里了。这个给你。不要再来了！"女人情绪激动地说着，递给凌太一个纸包。凌太下意识地伸手接过。

"你明白了吗？从今往后别再来了。"女人说这句话的语气比刚才温和了一些，眼睛里似乎有泪光闪烁。说完，她逃似的跑回屋内，重重地关上门。

凌太一脸莫名其妙，从刚才到现在，一共五分钟左右，感觉是一眨眼的事。他打开手里的纸包，看到里面包着五千日元的现金。这不是错觉。

五千日元！这么多钱？

凌太摇摇头，不知道女人为何要给自己这么多钱。五千日元！五千日元！这算什么？

被雨水淋湿的山路很滑，凌太一边下山一边寻思，女人当时的态度让他确认，这一定不是为自己洪水时救她一命而表示感谢的钱，一定另有原因。

但究竟是为什么？五千日元。这到底是什么钱？

雨越下越大。凌太的雨衣很单薄，已经漏进了雨水，打湿了里面的衬衫。他的皮肤开始发冷。

啊！原来如此！——凌太终于想到，不由得停下脚步。

那时候，他把女人从水里抱出来的时候，女人处于昏迷状态。之后他把女人放在麦田上，怕湿透的衣服令她着凉而为她脱去了衣服。女人醒来的时候，他为了给她做人工呼吸，正跨坐在她的身上。没错，他当时本想开口解释，但正好有人经过，所以着急逃走了。他什么都没说清楚——凌太终于全都想了起来。

也难怪那个女人会误会。昏迷中被人脱了衣服，任何人都可能往"那方面"想。

所以女人害怕他。她一定是担心被丈夫知道这个秘密，所以害怕他出现在自己家附近。五千日元——这是封口费。

想到这里，凌太不由得偷笑起来。"你明白了吗？从今往后别再来了。"

弄清楚女人那句话的真正含义后，凌太反倒来了劲儿。"真有趣。当我是傻子？五千日元就想打发我？"

凌太忍不住自言自语地脱口而出。

雨越下越大，凌太脚下的红土被雨水冲成数条泥流，顺着山坡流下。

七

那个女人——竹村多惠子，从没想过会在这里见到尾村凌太，当时吓得魂都没了。一开始是吓得快要晕过去，紧接着是恐惧到发抖。

对多惠子而言，洪水那天麦田里的事件是一场噩梦。她当时晕了过去，醒来的时候正和那个人孤男寡女两个人独处。她不知道之前究竟发生了什么，只知道醒来的时候自己和那个男人赤身裸体，而且还是那种姿势。这一点最为重要。

男人一眨眼就逃走了，临走前还像刚享用完美味的恶魔般在她耳边低声轻语道："太太，没什么可担心的。"

一开始，多惠子还怀抱一线希望——虽然担心"也许被做了什么"，但并没有发生过"那种事"的实证。换言之，就是还"有得救"。但她又没法断言肯定没发生过那种事。当时她完全晕了过去，醒过来的时候，意识还很模糊，没法冷静地判断是否没发生过什么事。而且这种事情越到后来就会变得越暧昧模糊。结果成了"没得救"。

她没能对丈夫道明实情。这事儿没法开口,只能永远埋在黑暗中,成为悲惨的秘密。她丈夫至今都以为她是被洪水冲到岸上,然后被路人救起。

丈夫接受调任成为水坝电分所所长的时候,本来可以让丈夫一个人来这里上任,但当时是她求着丈夫一定要让自己跟来这深山里,因为她想从人来人往的大城市逃离到深山里躲一两年。

没想到却在这里遇到了那个男人。

在别墅后门看到凌太的时候,多惠子首先本能地想到要防卫。她以为自己知道男人为何而来。她坚信一定是那时候发生了见不得人的事,所以男人才会把她找出来,跑来见她,而且像私会情妇那样突然从后门出现。

绝不能让丈夫知道——电光火石间,她的脑子里闪过必须防卫的念头,于是用纸包了家里存放着的五千日元现金交给男人。在深思熟虑之前,她先出于本能采取了行动。当时,她一心只想着不能让男人再来家里。

然而,这有欠考虑的匆忙之举非但没能保护她自己,反而让她飞蛾扑火般地成为对方的食饵。

凌太本来只想来见见她,结果却轻而易举地知晓了她的致命弱点。

对女人来说,地狱般的日子开始了。

才过了十天，多惠子就听到后门有人敲门，开门一看，发现又是凌太。多惠子吓得满脸苍白。

下班后穿着沾满尘土的工作服、肩上还背着三捆柴的凌太笑着说："太太，我给您送柴来了。请收下吧。"

"我不要什么柴。"多惠子压低声音生气地说，因为这时丈夫正在屋内，她吓得心惊肉跳。

"这是为了谢谢您上次的好意。另外，不好意思，能借我两千日元吗？"

多惠子面部僵硬，瞪着凌太。

凌太假装送柴来，其实另有所图。

多惠子一开始还不服输地瞪着凌太，但看着大高个凌太那张风吹日晒、黝黑的脸和闪着狡黠之光的眼睛，她渐渐没了底气，只能服软。

她回房取钱，看到丈夫正背对着自己看报纸。丈夫胖胖的背影让她觉得很可怕。

这一次，她直接把两千日元现金交给凌太。

"别再来了。真的没下次了。"

说这话的语气与其说是斥责，不如说是哀求。

（你有什么权力问我要钱？我和你是什么关系？）

竹村多惠子只能在心里想，却没能说出口。她害怕凌太的回答。她这种强硬不起来的态度让男人看到了得寸进尺的机会。

仅仅过了一周，凌太再次敲响了多惠子家的后门。他笑嘻嘻地背着柴。

"不！你走！"

多惠子拼命拒绝，但对方完全不为所动。结果，她只能又从屋子里拿了两千日元给凌太。

多惠子本来是个聪明的女人，只是因为太过惧怕凌太，也惧怕丈夫，就像极度害怕怀孕就会发生假想怀孕一样，她已经把自己的妄想当作事实来相信。这种恐怖让她陷入不得不无休止地付给凌太钱的惨境。

凌太的多次上门让她觉得痛苦万分，犹如身陷炼狱。对竹村多惠子而言，这种痛苦越来越剧烈。

八

加治看到尾村凌太最近突然变得阔绰起来，觉得很可疑。

以前的凌太和加治一样，都是穷得叮当响。但最近，还没等发工资，凌太的钱包里就已经能见到好几张大钞。

在赌场也是，以前最多赌两三百的凌太最近一出手就是五六百，而且输得精光的第二天，他还可以奇怪地拿着大钞继续赌。

在工地附近，商人们借用农家，专门针对这些劳工开了小店，有可以让他们喝上一两杯清酒或烧酒的小酒馆或小饭馆，还有摆着三四台赌博机的弹子房。

凌太这阵子手头非常阔绰。

加治察觉到其中肯定有蹊跷，流浪全国的经历让他拥有了一种特别的嗅觉。

"阿凌，最近是不是找到金主了？"他半开玩笑地试探凌太。"不是啊。"凌太否认道。

加治心里暗骂：这个混蛋。

他开始暗中监视凌太的行动。他很嫉妒凌太，决定不能让凌太一人独享好事。加治这种人一旦动真格开始监视，要查清楚凌太的行踪全不费工夫。

加治这天尾随浑然不觉的凌太来到 A 电分所所长家的后门。他看到凌太敲门后，从出来开门的所长夫人的手里接过现金。加治对自己的所见感到太过意外，难以置信地说不出话来。

这两人究竟是什么关系？

加治只知道凌太威胁那个女人并因此拿到现金。虽然不知道原因是什么，但得知女人被凌太勒索的事实，对加治而言就已经是一大收获。

加治一个人抽着烟,心想:所长的美女夫人是勒索的对象,自己该怎么办?难道直接对凌太说:"嘿,也算我一个吧?"不行,那么说肯定会被拒绝。不知道勒索的理由,自己就没什么优势。而且就算能分一杯羹,也会很少。加治可不愿意做那种分成很少的活儿。

加治决定直接去找女人,摆出一副老子全都知道的模样。而且他猜测女人的丈夫应该什么都不知道,这是他的直觉。

如果被凌太知道,该怎么办?加治不屑一顾地想:等被凌太知道的时候再说。自己只不过和他干一样的事而已,他能拿自己怎样?

而且加治对这水坝工地已经心生厌烦,为了离开这座深山,他必须给自己准备好盘缠。

加治第一次看到女人从车上下来的那天,曾对凌太说过,为了睡那女人一晚,自己愿意出三千日元之类的。这会儿他觉得,运气好的话,不仅仅能免费抱得美人睡,还能让对方付给自己钱。

但加治没有立刻付诸行动。毕竟机会只有一次,若失败了,就有可能一无所获。

很快,机会以偶然的方式降临到了加治的身上。

凌太受伤了。炸药爆炸的时候,他没躲藏好,被落下的岩石碎块砸中了肩胛骨,皮开肉绽,缝了五针。

凌太躺在工棚里,连着烧了五六天。因为生病,他整天躺在工棚里,和平日里下班回来只在晚上睡一觉的感觉完全不同,有一种难以言表的不踏实感。

凌太觉得很寂寞,生病时才由衷地感到自己有多孤独。躺在被褥上的时候,凌太想到的仍是那个女人。

他知道自己现在的所作所为是在折磨那个女人,但如果不这样,他和那个女人之间就会变得毫无关系。除了让她以为是那样,利用她自以为是的理由作为诱饵、敲诈她的钱财之外,两人之间就没有任何关系了。将两人联系在一起的,只有去她那里向她勒索钱财的行为了。只有在那时候,作为劳工的他和作为所长夫人的她是对等的,甚至可以说,他才是高高在上的。

凌太也许是爱着那个女人的,也因此忍不住想要折磨那个女人。只要勒索的行为继续,自己就能见到她。

每次见到凌太,女人都满脸憎恶地瞪着他。虽然凌太也害怕,但觉得自己不能认输,认输了就一切都完了,他和她之间的纽带就会被切断了。那种痛苦会让他更绝望。

凌太喜欢她,想见她。就算被讨厌、被憎恶也无所谓。他不想失去现在这种想见就能见的机会。

然而，现在的凌太因为受伤不能走动，不能去见她。这让他非常不安。

凌太趴在被褥上，用铅笔在便笺纸上给她写了封短信，打算拜托加治去送信。

九

加治欣然接过信，假装好心送信，但半路上就拆开看了信的内容。

（太太，我受伤躺着不能动。请给送这封信的人两千日元。我的伤不要紧。）

加治一边撕信一边贼兮兮地笑着说："傻子，居然想使唤我。"他来到所长家，特地在正门按了门铃。他知道所长这个时间应该不在家。对他而言，有一种马上要上战场的感觉。

多惠子出来开门。加治在心里默默地点头，认准了就是这个女人。

看到加治，女人一脸怀疑。加治觉得她是被凌太勒索得有些神经质了。

"您是所长太太吧？抱歉打扰，其实……"话没说完，他的一只脚已经踏进屋内。他不想站在门外。

多惠子吓得朝后退去。

"其实是您的年轻朋友让我来的。您好。"他说的话全然没什么意义，但低下头的动作别有深意。多惠子脸色突变。

"那家伙最近手头很阔绰，在我看来，他肯定是做了什么坏事。一开始他什么都不肯说，但后来还是坦白了他来贵府敲诈的事。我一开始也挺犹豫的……"

加治一个人絮絮叨叨地说了很久。看到女人放在膝盖上的双手在发抖，他确信那些话很管用。

加治从多惠子那里卷走了一万日元。

他对多惠子说——保证不会再让凌太来骚扰她，希望她最后拿一万日元出来作个了断，这样凌太就会收手。

多惠子不知道凌太受伤的事。至少到伤愈为止的这段时间里，凌太不会过来。加治觉得这是只有他自己掌握的信息，可以骗女人一阵子。他还打算骗到一万日元后，把女人的身体也占为己有，然后逃跑。

加治对多惠子说——

钱肯定会给凌太，但口说无凭，所长夫人肯定会不安，所以明天自己会带着凌太一起上门作保证。如果觉得在家里不方便，也可以选别的地方。

这些说法当然都是加治的策略。他知道多惠子不喜欢他们来她家。

加治还知道，这个女人肯定真心地不想再见凌太，但她一定想知道付了一万日元之后的效果。

结果，女人果然不出加治所料地开口问："这里不方便。有别的地方吗？"

"不如这样，我明天来接您。地方可能会比较难说清。我们得找个没什么人的地方，对吧？"

女人脸色苍白地点点头。

其实，加治已经想好——一定得是没什么人的地方，然后威胁她说要告诉她丈夫。她之前给凌太钱，肯定是因为被凌太捏住了什么把柄。她会以为这是最后一次，所以一定会对自己言听计从。虽然多少有些冒险，但这样更有乐子。

加治喜形于色地回到工棚，心里想着自己住在这个工棚里的日子到明天为止。

他站在凌太枕头边，故意漫不经心地说："信给她了。"

"谢谢。她没给你什么吗？"凌太怀疑地问道。

"没啊。"加治说着，心里大笑：傻子，老子什么都不会告诉你。

凌太盯着加治的脸，什么话都没说。

十

第二天，凌太躺在床上的时候听到有人在聊天——

"我刚刚看到加治那臭小子和所长夫人一起上山了，不知道他们会去哪里。"那是刚做完夜班回来睡觉的一名劳工。

凌太一下子从床上蹿了起来，抓住说话的人问："你说的是加治吗？你是在哪里看到他的？"此刻，他的内心又惊又慌。

劳工告诉凌太自己见到加治的地方。

凌太赶紧穿衣，准备出门，虽然肩上的伤口疼得他发晕，而且他还在发烧。

"凌太，凌太，危险！你去哪里？"

凌太对这些话置之不理，头也不回地冲了出去。他的眼里喷着怒火，心脏扑通狂跳。

因为在床上躺了太久，此时的凌太感觉脚下轻飘飘的，迈步不稳，走路晃悠。但他仍咬牙继续走。

阳光明媚，但白色的大坝、大吊车的车身、削尖了的原石山体和绿色群山在凌太看来却莫名地有种发黑的阴阳图的感觉，毫无现实感。

蓝天在凌太的眼里变成黑色，太阳则看似白色。凌太喘着气，感觉自己快死了。

但他想好了，见到加治之前，一定不能倒下。他知道那个女人可能会遭殃，加治一定图谋不轨。加治就是那种人。凌太朝劳工告诉他的地方走去。他大概已经猜到加治的把戏。加治一定是察觉到了自己的异样，然后也开始勒索那个女人。凌太怒火中烧，加治不可饶恕。凌太从加治的身上看到了自己卑劣的丑态，这让他的怒火加倍。他也不知道自己是在气加治还是在气自己。

树林繁茂，像夜晚般异样昏暗。穿过树林，阳光照在草地上。眼前是一千四五百米高的山。

凌太听到说话声。忽远忽近，但可以确定方向——是在远离干道的杂木林深处。凌太听到了争吵声。

把多惠子压在草地上的加治突然看到凌太，惊得赶紧放手。原本被压住的杂草反弹了起来。

"加治！"凌太一步步逼近加治，嫉妒之火熊熊燃烧。

加治哇哇大叫，赶紧逃跑。五尺七寸的大高个凌太立刻追了过去，他的目光令人惊恐，他的表情犹如鬼魂。

凌太用眼角瞥了一眼女人，然后一下子扑向加治，两人扭作一团，倒在地上。

"危险！危险！"加治惨叫。两人一起滚下山。

近旁有缆车的作业声。"啊！"加治再次惨叫。

树枝折断，发出噼里啪啦的声音。山草像波浪般摇曳。树叶、尘土，还有被折断的小树枝，如雨水般落下。

爱与空白的共谋

胜野章子每两个月会有一周是一个人过。那是丈夫出差的日子。丈夫俊吾是电器制造公司的营业科科长。总公司在东京，大阪设有分公司。公司的营业会议隔月分别在东京和大阪举行。胜野俊吾每隔一个月就会有一周不在家，那是为了去大阪开会。

　　这是俊吾升职为科长以来持续了三年的习惯。

　　秋天即将到来的这个早上，章子把丈夫送到长途汽车站。去车站之前，章子一直拿着丈夫的包，跟在丈夫身后，感受着自己亲手整理的行李的重量。丈夫像往常一样说了声"保重"，没再多说，一边吐着青烟一边步伐轻快地走在前面。

　　汽车小幅度摇摆着起步开走后，丈夫会从车后排的窗口朝章子挥手道别。太阳照得车窗反射出亮光，让丈夫的上半身看起来几乎消失在光晕中。

　　送走丈夫后，头三天，章子过着孤独平静的生活。白天打扫，买些自己一个人用的东西。夜里仔细确认门窗都已关好，听听收音机或是看看书。她已经习惯每隔一月就这么度过一周。然而，三年来的这种习惯到了第三天晚上却发生了突变，同时，也意味着一种切断。而这种突然是没道理的，是不合理的。

电报配送员让她打开上了好几道锁的门，扔给她一封"凶报"，然后匆匆离开。

"胜野俊吾急病望速来。"

落款是京都的一个地名，一家名叫"秀洛庄"的旅馆。

章子看了一眼钟表，刚过八点。她先打电话给丈夫的公司，想问问到底是怎么回事，却没人接。打给大阪分公司也一样。章子有一种直觉，因为发电报的是旅馆，公司肯定也不知道实情。

这种判断是在冲击性消息所带来的困惑中产生的。说是急病，但章子想不出会是什么病。丈夫出门的时候还很健康，她完全想不出到底是怎么回事。

但这应该是事实。章子从衣柜里拿出外出穿的衣服，开始收拾自己的旅行箱。渐渐地，她开始产生了一种切实的感受。随着时间的推移，一个念头变得越来越明晰。

她来到东京车站，买了有现票且相对来说最快抵达的列车车票。她进了一节二等车厢，勉强找到位子坐。

火车开动后，章子意识到自己忘了给京都的旅馆回一封电报。这趟列车预计于第二天早上七点半到达京都。她不知道丈夫急病的程度到底有多严重，也许必须立刻送进当地医院，或是休养两三天后让她带回东京。对此，章子完全没有头绪。

突然，一个预感袭上章子的心头，让她觉得像是被人当头打了一棒，浑身发抖。她突然想到——丈夫不会已经死了吧？

丈夫真的已经死了。

发现这一事实是在章子抵达京都的旅馆之后。

火车一大早到达京都车站，清晨的冷清阳光照在站台上。章子径直朝出口走去的时候，听到车站广播里正在叫自己的名字。

来到车站广播指定的候车室，一个穿着宽松夹克的高个子男人彬彬有礼地确认章子的名字。这人正是旅馆的司机。

"秀洛庄"位于下贺茂，从车站开车过去要不了二十分钟。其间，司机背对着章子。章子问他丈夫的情况，司机回答说不清楚。车子开过京都中心区，又开过架着一座长长大桥的贺茂川后往左转。比睿山看起来近在咫尺。

车子在街道安静的一角停下,从白色围墙包围着的大门开进去,停在前庭种植的树木边。西式风格的玄关处走出来四五个女人。

"您来了。"

其中一个女人低头向下车的章子致意,其他女人也跟着向章子鞠躬行礼,每张脸上都是对章子的到来期盼不已的表情。

女人说:"这边请。"章子被带到一间十六平方米左右的西式大房间。但房间看起来并没有什么最新款式的装饰,而是颇有年头、日本明治末大正初的风貌。无论是天花板吊顶上蔓草模样的枝形灯还是斑点图案的大理石暖炉,无论是带花纹的狭小窗户和窗上的把手还是半张弓模样的拱形阳台——这些室内元素共同构成了一种悠久的庄重感。这装饰豪华的房间里同时弥漫着历经岁月沧桑的美感。

章子坐在椅子上,女侍把茶杯放在古老金线缎子般色泽沉稳的桌子上,立刻离开。一个五十岁左右的胖女人,眉毛纤细,鼻子小巧,双下巴向外突出,用细长的眼睛瞅了章子一眼,然后客气地打招呼说:"您是胜野夫人吧?辛苦您大老远地跑过来,真的非常抱歉。电报里我们说您先生急病,但实际情况比电报上说的更严重。"

女人言辞沉痛，却带着一股张力。讲述悲伤事情的时候，大部分人都有共通的演技和自我陶醉，而这个胖女人的口吻中则有着一种在花柳界阅历丰富的女人常有的那种假装出来的表面人情味，背地里却隐藏着不怀好意地观察对方的冷酷感。

老板娘开始讲述"更严重"的事情始末。

"您先生一直很喜欢住在我们这里，常说这里很安静，是个好地方，还夸我们招待周到，毕竟这里曾是清闲院①的别馆，有着市区里那些酒店所没有的高贵气质。所以您先生每两个月就会光临一次，每次都是一个人来。我们觉得他很有气质，也很稳重，视其为上宾。但这一次，昨晚见到他……"

章子的丈夫昨晚六点左右到达这家旅店，马上泡澡吃饭，一个小时后突然觉得难受。女侍发现的时候，他满脸苍白，在床上蜷缩成一团。发作十分钟左右就断了气，医生赶到的时候已经来不及了。经诊断，是心脏主动脉瓣狭窄症急性发作。

"我们做梦也没想到会发生这种事。刚才还在说笑的人突然就这么走了，简直就像在编故事一样。所以我

---

① 清闲院（1826—1916），江户后期的皇族，幼称冈宫，号清闲院。

们愣了好一阵子，才意识到应该赶紧联系身在东京的您。而且我们想，如果直接就在电报上说您先生突然走了，您一定会吃惊不已，所以才发了那样一封电报。我们将您先生的遗体安放在另一个房间里，这就带您过去。"

二

章子丈夫的尸体被放置在一个十三平方米左右的日式房间里。这个房间是书院风格，有一种古色古香的庄重感。

章子走到脸上盖了白布的丈夫身旁，闻到一股香味，非常浓郁。章子觉得一定是进口香水，而且一定价格不菲。她把这种香味与历史悠久的旅馆展示的周到礼节联系在一起。

丈夫闭着眼，嘴唇微微张开，头发梳得很整齐。在强烈的悲伤涌上心头之前，章子首先注意到的是这些细节。

然而很奇怪，章子并没有预期的激情悲怆。虽然流泪了，但只是呜咽，完全没到决堤之势。一方面是因为丈夫的死太过突然，让她一时间还没有切肤之感；但另一方面，在这片陌生的土地上、陌生的旅馆里，丈夫的暴毙实在有些蹊跷,让她觉得似乎另有隐情。在东京坐上拥挤汽车的丈夫,却在京都活色生香的高级旅馆里突然死亡,这种事情发生的时间线很不合理,甚至让她有一种事不关己的错觉。

但事实上,丈夫确实已经变成死人躺在那里。过了一小会儿,章子意识到事实确实如此之后,终于号啕大哭起来。

尸体周围摆放着很多鲜花。大朵的菊花绚烂簇拥着,百合、玫瑰、兰花等各种花卉绽放,像射出的光线般炫目,还有昂贵的高档水果。这一切让摆在阴暗处的尸体看上去反而寒碜。

章子的丈夫在豪华待遇中躺着。被鲜花与香水隆重地包围起来。这绝非旅馆对死亡客人的普通礼遇。说实话,连死者家属都未必能做到这种程度。

胖老板娘换了件外套过来上香,看上去着装很讲究。章子对老板娘表示衷心感谢。

"没事儿,都是应该的。"

老板娘嘴上很客气地回答,然后坐到章子身边,脸上却只有一副事务性的表情。

女侍们一个个轻手轻脚地进来上香,每个人都低眉垂眼,朝章子点了点头,转身离开。

老板娘抓住其中一个正准备离开的女侍的手。

"胜野夫人,她就是您丈夫死前负责他房间的女侍。"

被拉住的高个子女侍坐了下来。她看起来三十刚出头,在所有人中,她的神情最为难过。

"胜野太太,真的非常对不起。"女侍如此说道。章子被这女侍的认真负责所打动。

女侍眼睛细长,嘴唇给人一种温暖的感觉,眼睑有些红肿。

章子心里有一种堵得慌的感觉,差点儿又要流泪。她第一次因为感受到别人的真情而悲从心来。

从刚才到现在,老板娘一直是一副深谙世故的表情,而一个个只是义务进屋来上香的女侍们的举手投足看上去也没什么亲切感,这让章子的内心好像被蒙上了沉重的灰尘。这张停放尸体的床的装饰风格与老板娘和女侍之间看起来毫无关联,甚至有些格格不入。宛如发现商家将商品进行了豪华包装、故意抬价后的不悦,这种格格不入的感觉慢慢爬上章子的心头。

与其他人相比,只有负责丈夫房间的女侍似乎真的流过泪。比章子大五六岁的这名温柔女侍让章子内心产生了一种信赖感。这种感情来得很突然,也很突兀。

一年后。

失去丈夫之后的半年时间里，章子一直忙忙碌碌，安定不下来。有很多事务性的工作需要处理，比如整理丈夫的遗物、去丈夫生前的公司交代、去婆家商量等。而之后的半年里，她把户口从婆家迁出，搬到了公寓里。

那段琐事缠身的日子结束后，如今就像狂风戛然而止后的短暂寂静，这让章子的心头涌上万般空虚。阴天，房间里昏暗无光，屋外也看不到什么行人，章子喜欢在这样的日子里一个人默默地织毛衣或是看书，也总会在这样的日子里想到丈夫。

又过了一年。

章子开始与异性交往。对方是丈夫原公司的同事、现在在某部门担任科长的福井秀治，比章子大八岁。这场交往的开始很普通。丈夫死后，在章子和丈夫原公司交涉的过程中，比如葬礼的流程、丈夫生前借款的结算、慰问金、退职金之类各种相关公事，全都由福井秀治以前同事的身份帮助解决，两人因此结缘。

章子之前没想过福井会以前同事身份坚持帮忙到最后。福井没什么事就会来找章子，当时她的内心很是纠结。当极度疲劳的日子结束后，他就失去了亡夫前同事的资格，开始以情人的身份造访。

如今两人在一起已经两年。福井秀治当然有妻小，但他不在意这些，声称自己深爱章子。

这段恋爱让章子有过两种痛苦。首先是对丈夫的背叛。对此，福井秀治以热情的言语予以抚慰，或是以令人陶醉的行为让她从苦恼中解脱出来。

再者，是因福井秀治的妻子而产生的苦恼，这其中有着自责与嫉妒的双重意味。这时，他巧妙地以所谓的现代观念循循善诱，淡化了她良心的不安。

不过，始终让章子难受的是对福井妻子的嫉妒，那是章子对福井已然爱如奔流的证据。每次章子吃醋的时候，福井秀治的表情虽然看上去总有些为难，内心却沾沾自喜。他时不时地会留宿在章子的公寓。

福井秀治来的晚上，章子总是尽可能地表现爱意。一开始还会在意他妻子的存在，但久而久之，这种感觉就逐渐淡化了。对章子而言，福井秀治的妻子渐渐变成一种无意识的存在。章子从福井秀治的口吻和身体上体会着他的性情与喜好，这是一种从属于男人的妻子的本能，而她死去的丈夫却从未感受过如此殷勤周到的妻子。

章子在一家小出版社找了份校对的工作。

"你没必要出去工作。"福井秀治随口阻止了一下。"但一直让你负担太重，我会过意不去的。"

章子每天都去位于神田的脏兮兮的出版社上班。福井之后再没阻止她，但每个月给章子的钱越来越少，然而在章子看来，只要能减轻他的负担，她就很高兴。

到了休息日，福井秀治白天会来章子的公寓，和她一起玩到傍晚，然后回家。渐渐地，他在章子家过夜的次数越来越少。章子对自己说，他在那个家里也有各种事情需要处理。章子每次都强忍下来，坚信比起他的妻子，他更爱自己。

出版社的下班时间很不固定。有时候夜里晚归的时候，会看到福井秀治来过家里的痕迹，他有章子公寓的钥匙。每次一想到福井秀治的体温曾经一度停留在这间屋子里、又转动钥匙逃似的走掉的时候，章子就会有一种风吹过后的寒冷、空虚。

下次见面的时候，章子总会撒娇地说："你多等我一会儿就好了。你走后也就三十分钟吧，我就回到家了。"

"我怎么知道你几点回来？一进门看到空荡荡的房间，就像闯了空门的小偷一样。我可不喜欢那种感觉。"

福井秀治一脸不痛快，扔掉香烟说。烟屁股在擦得干干净净的烟灰缸里散发出熏人的臭气。

这种时候，章子就会拿他和自己死去的丈夫相比较。如果是丈夫，一定会留在房间里等她。丈夫的模样时不时地会出现在她与这个突如其来闯入自己生活的福井秀治之间。

然而，丈夫已经是过去式。福井秀治散发着现实的体味，死去的丈夫没法与之抗衡。

两人的恋爱无人知晓，爱得小心翼翼，静静地积蓄着势与力。

三

这年初冬，福井秀治去九州出差，把章子也带去，打算在九州逗留一周。出差的工作本身要不了那么多天就能办完，所以他特地约章子一起去。章子找了个理由，请了一周的假。

福井秀治在三天内就把出差的工作全都了结。那三天里，章子夜夜等待晚归的福井秀治。在旅店登记用的是假名字，关系栏里填了"夫妻"。

"我现在好幸福。"章子双手十指交握着说，"就像真的夫妻一样。"

"和在东京不同，不用小心翼翼。"福井秀治的眼角堆起皱纹笑着说。

穿着旅店棉袍的福井比三年前胖了不少，有一种当官的模样，但已经不再年轻，耳边的鬓角都是白发。章子则俨然以妻子的眼神看着福井。

"让你久等了。"急着在三天内赶完工作的福井秀治回到旅店，高兴地对章子说，"我们玩两天再回去。"

"去哪里？"章子笑着抬头看他。"要不去阿苏[①]看看吧？"

"好啊，太棒了。"章子仰视着福井秀治，拍着手说。

冬天的阿苏有满眼金黄的壮丽山岳与起伏的平原，还有赤褐色的岩石、升至蓝天的火山白烟。伴随着少女导游的解说声，他们所乘的观光大巴一路缓缓向上驶去……章子挽着福井秀治的手臂，陶醉在幸福之中。

两人走到火山口的边缘，所有景色尽收眼底。"你知道东京在哪个方向吗？"福井秀治问。

因为会有如雾般降下的火山灰，所以章子戴着头巾。她摇摇头说："不知道。"

福井秀治抬起手，指给她看："在那里。"

章子朝他所指的方向看去，只见连绵的山脉如无边无垠的海浪一般，山顶还有大面积的卷积云，让人很难想象那就是东京所在的方位。

[①] 指阿苏山，日本著名活火山，位于九州熊本县北部。

章子突然觉得福井秀治是在想念东京的妻子。问她"东京在哪里"的那句话里似乎潜藏着那种意识。章子看着他的脸，又感觉他似乎只是在单纯地看风景。

"有点儿冷了，下去吧。"福井竖起外套衣领说。

这天夜里，回到温泉旅馆的福井突然发了烧。他特地去泡了个澡，结果反而更糟。章子让他赶紧躺下。福井一边身体发抖一边连声叫冷。他们问旅馆又借了条被子，但盖上后，福井仍继续叫冷。不再发抖后，热度持续升高。

当地的医生给他打了一针，然后对章子说："没到肺炎的程度，但明天和后天需要静养。"

"糟了，已经定好明晚的火车回东京，必须明天回去。"烧得晕乎乎的福井秀治在医生走后睁开眼说。

"你这么说，我也很为难。生病了，没办法，要不发个电报给公司？"

"你傻啊？怎么能从这里发电报给公司？"福井秀治生气地吼道。

这天晚上，章子不眠不休地照顾着生病的福井，冰袋稍一变温，就马上更换。章子甚至觉得，若福井有什么三长两短，她自己也不想活了。

福井秀治在床上就像个孩子似的撒娇，吐着又热又臭的口气，还要章子吻他。

"我明天必须回去。"他呻吟着说道。

第二天中午，福井秀治终于退了烧。章子绷紧的神经一下子放松了。但是起床去洗手间的时候，福井的脚下依旧无力，双腿发软。若去乘坐当天晚上的夜间火车，实在有些危险。虽然他自知可能会很难受，但还是坚持按既定的日程回去。

"对了，我想到一个好主意。"躺在床上的福井突然想到一条妙计，"可以坐明天下午从福冈起飞的飞机。晚上八点就可以到达东京羽田机场。就这么办，这样的话，明天就能到东京了。"他一下子来了劲儿，"太棒了，这样的话，明天就能回到东京。章子，你坐过飞机吗？"

一想到能按既定的日程回到东京，他的眼睛就闪闪放光。坐不坐飞机对章子而言其实无所谓。只要看到福井恢复精神，她就觉得高兴。昨天，她连衣服都没换过，一整晚都在为福井弄冰块敷额头，一直凝视着他发烧发红的脸庞，她甚至作好了最坏的打算，并一直紧紧挽着他如火烧般的手臂。

四

第二天下午两点左右，两人到达博多。

福井秀治一出车站，立刻前往日航事务所。

一开始还担心买不到机票，但幸运地买到两张。他长长地舒了一口气，觉得终于可以放心了。福井趴在柜台上，开始填写登机人的姓名。章子坐在后面的位子上看着他的背影。因为是因公出差，必须按规定的时间回去，所以福井发高烧的时候依然想按既定的时间回去。现在他终于如愿以偿。章子从他的背影似乎能感受到他现在的喜悦。

突然，福井握着笔的手停了下来，另一只手抓抓脑袋，似乎遇到了麻烦。

"真麻烦。"他喃喃地说着朝章子走来。"怎么了？"

"你的联系人怎么弄？坐飞机一定要填写紧急联系人。你填谁？"

"填谁？"章子一时间没弄明白福井的困惑所在。

"我已经填好我的了，但不知道你的紧急联系人该填谁。"章子朝他手里填好的卡片看去——紧急联系人：东京都港区麻布鸟居坂××番地（妻）福井兼子。福井填了他妻子的名字。

"那就填我在驹达①的姐姐吧。"章子脱口而出。

"你是白痴啊?"福井皱着眉头,压低声音呵斥道,"怎么可能写你的真名?如果事后调查起来,我和你一起来九州的事情就会暴露。事后追查的时候,写在这里的名字就是证据。"接着,他更进一步压低声音说,"你就用假名吧?紧急联系人也随便写个虚构的姓名和地址。对了,登记旅店时用的假名,你就用那个吧?"

章子突然有一种被人狠狠推了一把、马上要倒下的感觉。如果发生空难,福井秀治的尸体会由他的妻子去收,但自己会如何?用假名字登机的她只会变成一具无名女尸——章子对福井秀治关键时刻暴露出来的本性感到震惊。

这个男人曾经对章子说过很多甜言蜜语,发誓会一直爱她,还采取过不少行动表示自己的所谓真心。这次的旅行就是其中一桩,之前章子曾经感到过的不安,在这次旅行中已经被这个男人甜品般的花言巧语和温柔爱抚渐渐地抹去。

然而福井秀治在预想到空难的时刻却不由自主地露出破绽,彻底暴露了他利己的真面目。一直被其无视的

---

① 东京丰岛区的町名。

妻子被他指定为接收尸体的家属，却以之后不留追查证据为由，将章子推向黑暗之中。福井秀治丝毫没想过这对章子而言意味着什么。

在章子的眼中，福井秀治突然变得无比矮小，仿佛正从章子的心中疾步逃开。

坐上飞机后，只在刚起飞的时候可以看到地面上的景色，之后就完全处于繁密的云层中。朝椭圆形的飞机窗外看去，只有昏暗的灰色云朵，像蘸了墨汁一样挥洒着浓淡。没有明确目标、也没有任何光线的密闭云层仿佛正渐渐袭上章子的心头。

她坐在福井秀治的身旁，几乎没开口说过话，摆出一副晕机的模样，闭着双眼。此刻，她的内心已经作好决定，必须尽早和这个男人一刀两断。

突然，福井秀治从座位上站起身来。章子抬眼望去，见他已经走到前面的过道上，正低头哈腰地向人打招呼，非常有礼貌、非常谦卑地频频向对方鞠躬。

对方是一位三十二三岁的夫人，从她讲究的穿着可以看出她是何等地雍容华贵。她以侧脸对着福井秀治，面带微笑。从侧脸也可以看出她的美丽与大方，虽然客套地回应着福井的寒暄，但明显没把福井秀治放在眼里。

章子看着那张脸，觉得似曾相识。

"那是××公司H专务的夫人。"福井秀治提防着周围，轻声说道，"如果让她知道我和你在一起就惨了。到达羽田机场之前，我们就装作不认识。你不要和我说话。"

章子没勇气回答，勉强点点头。

"××公司是我们的兄弟单位。专务是从我们公司派过去的，所以我认识她。对了，她和胜野也很熟，所以更麻烦。"

福井的解释里提到了章子死去的丈夫的名字。章子没心思理会福井的小心翼翼，而是在想，如果专务夫人认识自己的丈夫，那自己至少应该在应酬的场合见过她一面。然而她的记忆中却没有任何相关的印象。章子觉得也许是自己记错了。

章子又看了夫人一眼，对方完全没有看自己，披着白色的外套，正在翻看杂志。即使从后面看过去，也可以感受到夫人的身材非常好，身上的洋装非常合体，甚至单看她的上半身就可以想象到她有着一双优雅的长腿。

章子感到夫人似乎在时不时地稍稍侧过脸朝自己的方向看来，每到这种时候，章子就会稍稍歪一下脑袋，做出一副好像见过又好像没见过的暧昧模样。

章子对夫人的好奇心并没持续太长时间，毕竟现在对章子而言，更重要的是她与福井的关系已经出现了严重的裂痕。她暂时忘却了夫人的存在。从福冈到羽田机场的四个小时里，她的心犹如深陷漆黑的泥潭之中。

从飞机的舷窗渐渐地看到东京的灯火，而且能明显感觉到可见范围渐渐变小，夜景渐渐清晰。

当感受到机场建筑物上垂直流动的灯火时，乘客们纷纷系好了安全带，准备降落。福井秀治碰了碰章子的肩膀。

飞机降落，夜的景色变为静止。

H专务夫人从座位上起身，朝舱门走去。章子也正巧从座位上起身，她看见夫人朝自己看了一眼，却又马上转过头去。夫人有一双细长的眼睛。

就在那一刹那，章子差一点儿"啊"地叫了出来，因为她突然想起来自己是在哪里见过这位夫人了。

就在丈夫猝死的那家京都旅馆，那个古色古香、豪华气派、停放着丈夫尸体的房间。在那个被鲜花和香水包围着丈夫尸体的房间里，当时的专务夫人假扮成女侍，与章子曾经四目相对。

那时候，专务夫人与那个胖胖的旅馆老板娘是同谋——此刻，章子终于彻底明白，好像因雾气变朦胧的窗玻璃一下子被擦得透亮无比。

当时老板娘说丈夫一直是一个人去旅馆，但那是她和专务夫人串通好用来欺骗章子的谎话。丈夫是和专务夫人一起去京都、一起住在那里的。那天夜里意外发生，丈夫猝死。当时待在他身旁的专务夫人惊愕不已，悲痛万分。之后，她非常困惑，但还是决定把突然死亡的情人完整还给对方的妻子，但必须想一个办法，既不能伤害到情人的妻子，也不能影响到她自己和情人的声誉。她是个有钱人，所以拜托旅馆老板娘，用香水和鲜花将尸体围起来，然后联系了在东京的章子。

三年前机智地将情人的尸体还给章子的专务夫人，正优雅地走下舷梯。章子透过飞机的窗户看着专务夫人，茫然地目送她离开。与在京都旅馆初次见面的时候一样，对于丈夫的这个情人，章子的心头意外涌起一股亲切感，甚至对于她三年前的欺瞒没有丝毫的憎恶。

"喂，已经没事了，我们也下飞机吧。"登机前办好了手续、确保好万一坠机就由自己的妻子去认领尸体的这个男人，此刻精神抖擞地说道。

章子准备走出机场时，看到专务夫人的身影已在机场大厅明亮的灯光下朝出口方向走去。有两个男人前来迎接，带她朝停在外面的汽车走去。章子看着夫人跟在他们后面，然后弯腰坐进汽车。这时，章子突然情不自禁地流下眼泪。

福井秀治举手拦下一辆出租车,自己先坐了进去,然后理所当然地开着门,等章子自己上车。

"我自己叫车回去。"章子朝男人丢下这句话,大步离开。

发 作

一

田杉十点过后才醒来，觉得热乎乎的，从窗帘缝隙透进来的阳光已经照到他的脑袋。今天也是个大热天。

十平方米不到的房间里堆满了书、旧报纸、碗和水果皮，连落脚的地方都没有。田杉为了去楼道里的洗手间而把家门打开，夹在门缝里的报纸一下子落在地上，此外还有一只白色信封。田杉瞥了一眼信封上的几个字就知道是谁寄来的。

他一边撒着早上最长的一泡尿，一边茫然地想着不用看大概也能猜到那封信的内容。他回自己屋子的时候，在走廊里看到正在打扫卫生的隔壁太太，对方也斜眼回看了一眼吊儿郎当的田杉。

田杉捡起报纸，又一次钻回床上，仔细翻阅起来。其实他没什么特别想看的，但还是正面、反面地看了又看，脑子里却没有留下任何信息。之后，他用手指把那封信拈了起来。

这信是妻子的姐姐寄来的，和往常一样，是用铅笔写得歪歪扭扭的字迹。他不明白对方为何不用钢笔写。虽然已经见怪不怪，但看着淡淡的铅笔字，田杉的神经还是觉得有些焦躁。

他跳过冗长的开场，从信的中间读起，得知妻子的病情不容乐观。医院的医生说，妻子的身体目前不会突然出状况，但难保不会反复发作。妻子得的是结核病，一年前回乡下的娘家住进了当地的疗养所。妻子的姐姐已经在信里好几次讲述过类似的情况。信里还写道：也许你很忙，但抽空回来看看吧。佳子的情绪很不稳定，你好歹过来露个脸。另外就是钱的事，不管有多少，你尽快寄点儿过来。当然，你自己肯定有开销，但现在乡下的医疗费用也很高，日子真的很难过。最近你寄来的钱越来越少，到底是怎么回事？信里还有其他一些抱怨的话。

田杉把信扔在一边，趴着点燃一支烟，但感觉没什么味道，当然这不只是因为刚吸没几口的缘故。钱方面的事，实在让他有些喘不过气来。看完信，他才知道之前寄的那些不够用。上个月他只寄去了三千日元。

扣掉上个月预支的薪水，这个月到手只有一万日元，连自己的日常开销都不够，他只能去会计那里再从下个月的薪水里预支两万日元。每个月，他都在靠预支下个月的工钱过日子。

田杉不喝酒，住的是公司宿舍，一个月租金五千日元。本来他每个月至少应该剩下两万五千日元，但大部分都被他花在和黑木藤子寻欢作乐和自行车竞轮①上了。赌博输钱的时候，他会觉得可惜，但在黑木藤子身上花再多钱他都不心疼。给妻子寄的钱从一万日元变七千日元，再变五千日元，最近只寄三千日元。他从原本应该寄给妻子的钱里扣下两千日元，再扣下三千日元，之后越扣越多，结果就变成妻子的姐姐信里所写的情况。

他打算今天去公司和会计好好商量一下，再借八千日元出来。八千不行，五千也行。三千寄给妻子，两千用来零花。

他对妻子早已没有感情。记忆中，妻子也没善待过他。他觉得妻子本来就是个冷漠的女人。之前他晚上超过十点回到家，发现妻子早就一个人睡了，从来没醒着等他回来。如果超过十二点回家，妻子就会破口大骂。明明嫉妒心很强，却偏偏对他爱理不理。内衣之类的，只要他不开口，妻子从来不会主动拿出可以替换的干净

---

① 日本特有的自行车竞速比赛，竞技类博彩，起初是二战后为了振兴日本的自行车产业而设立，属于合法赌博。

衣物。他刚认识黑木藤子那阵子，和藤子睡觉的时候，不止一次因为自己穿着脏兮兮的内裤而感到羞耻。

妻子的姐姐说，妻子来日无多。田杉对此不太相信。证据就是——虽然信上总这么说，但从没写过病情比之前严重之类的话。田杉觉得妻子的病会拖很久，既治不好也不会恶化，就那么不好不坏地凑合活着。这种要死不死、要好不好的状况让田杉既郁闷又窝火，感觉就像头上悬着一根棒子，摇来晃去。

他不得不给妻子寄钱。这种强迫感让田杉的心像被竹刷子在刷、在刮。他嘀嘀咕咕地穿好衣服，已经过了十一点。他脑子里还在盘算必须给妻子寄钱的事。他振作精神，走在炫目阳光下泛着白光的马路上，感觉太阳正在炙热地燃烧。

到公司后，他擦了擦汗，进入自己的办公室。这间办公室在三楼的角落里，有些昏暗。走进去感觉阴气沉沉，这是因为除了窗口处，其余地方全都摆放着黑色的柜子。再往里，就是如地下室一般的书库。

田杉坐在椅子上，有两名男子和一个女人对他说"早上好"。科长还没来。两名男子中的一位是退休返聘的老人，戴着眼镜，一边看报纸一边在大型记事簿上抄写报道，有时候抄写政治版面的内容，有时候抄写社会版。田杉不知道他干吗要做这种无意义的事。他似乎也没什么特别的目的，虽然只是徒劳，但他本人顶着秃了的脑袋自顾旁若无人地抄写——以没事可做、打发无聊而言，实在有些认真过头。记事簿上的字密密麻麻，一个个都很小。大家都在一旁指指点点地笑话他，是不是打算这把年纪开始学习怎么当评论员？另一名男子是个年轻人，鼻头上渗着汗珠，正在整理刊登过的照片。那个矮小的女人三十岁左右，眯着细眼，正在看英文报纸上的人物照片，然后用剪刀剪下来保存。这个女人毕业于著名的女子大学，凭借优秀的英语水平进入这家公司，一开始被分在外国报纸部门，但后来被发现没什么能力，于是被发配到调查科。她的长相连那些好色的社员都没想过要动她一根手指。

田杉坐下，发了三分钟的呆，打了个呵欠，在办公桌上的便笺纸上写下"会计"两个字，然后从椅子上站了起来。

二

走进会计部，粗脖子、四方脸的会计主任一看到田杉的身影，立马把视线落在账簿上。这举动让田杉很不舒服，但还是忍住，没发脾气，堆着笑脸走到主任的办公桌前。主任用手拨着算盘珠子，粗脖子上的脑袋完全没有抬起。面对这种明显被对方嫌弃的态度，田杉选择耐着性子低头看着、等着。他知道自己的怒火已经冲到头顶，但必须忍耐。就这样，整整过去了四分钟。

"什么事？"

主任的姿势没变，但终于抬起头来。他皱着眉头，盯着田杉。

"我想借点儿钱。"

田杉低声说道。他继续满脸堆笑，但对方始终绷着脸。"不行。你已经借太多了。"

会计主任似乎早已清楚他的来意，不看账簿就脱口而出。"我那回了娘家的老婆，病情又恶化了。我想再给她寄点儿钱。"

田杉刚说完，"粗脖子"就咕噜噜地转着眼珠，一副全然不信的模样。"就算如此，大家都有各自的困难，你预支的薪水已经超标了。最近的销售情况不是很好，进账少，我这里也很为难。"

"粗脖子"不停地抱怨。

"八千、五千都行。能不能帮帮忙？"

田杉在脑子里幻想着要是突然把这个男人视如珍宝

的算盘一把抢过，然后用力扔掉，那该有多爽快。

"我这里肯定没办法了。如果你实在想借，不如去求部长和局长给你特批？"

"粗脖子"撂下这句话，摆出一副完全没有商量余地的模样，重重地摇了摇头，然后冷冷地自顾打响算盘。

田杉心里暗骂混蛋，但也只能默默地朝会计室的门口走去。他感到背后那个粗脖子的会计主任正在抬头嘲笑他。他有一种想突然回头看看对方的冲动，但终于还是强忍住，径直朝三楼走去。

回到自己的办公室，那三个人依旧保持着刚才的姿势在工作——返聘的老人其实算不上在工作，他正专心致志地在记事簿上抄写着一个个小字，脑袋在报纸和记事簿之间来回摆动。由于他的劳动内容是如此没有目的且空洞无聊，所以他那来回摆动脑袋的刻板劲儿，令田杉看在眼里，烦在心里。

田杉拿起苍蝇拍，追打在办公桌上方飞来飞去的两三只苍蝇。因为拍打的声音很响，所以另外三个人都抬头看了看他，但又马上都恢复成原来的姿势。这副模样与那个粗脖子的会计非常相似，田杉因此特别生气，故意空拍了两三下，把苍蝇拍一把扔到桌上，然后朝窗口走去。他的脖子上已全都是汗。

他从窗口往下看,道路似乎在燃烧,车多人少。大部分人都在高楼间化作一个个黑影,慢吞吞地动来动去。路上的汽车似乎开得很慢。田杉原本习惯看到具有速度感的风景,但现在看到的一切似乎都很缓慢,这让他觉得很不称心。对面建筑物的白色墙面因为太阳的暴晒而发光,盯着看久了会觉得后脑勺疼,但他仍固执地凝视了好一会儿。他心里还在想着必须给妻子寄钱。这个强迫性的观念在他的意识中深深地扎根,就算尝试去想不寄钱,结果还是觉得摇摆不定、不得安宁。

突然,田杉想到了宫坂。对了,宫坂这时候应该来了。一想到现在宫坂应该就在某处,田杉一下子松了口气。他决定要把那家伙找出来。他的视线从窗外突然转回室内,觉得办公室内变得分外昏暗。他什么也没交代就走了出去。

他下楼来到营业部,果然看到了宫坂的白发脑袋。宫坂原本正在和人说话,远远地看到看向自己的田杉后,不动声色地结束谈话,然后朝等待着他的田杉走来。两人默默地一起来到地下室,站在无人的保安休息室前。已退休的宫坂靠退休金向公司里的职员放贷,大家都心知肚明,但宫坂依旧多此一举地小心翼翼。

"叔,借我点儿钱吧?"田杉说。

"要多少？"宫坂挺了挺已经驼了的背，抬头看着高个子的田杉，厚厚的下嘴唇向外凸起，这是他的招牌动作。

"一万日元。"田杉开口说。

宫坂拿出脏兮兮的记事本，舔舔手指，翻开看了看说："已经借给你的两万日元没还哦。"

"嗯。下次发奖金的时候一起还，利息也都算上。"

宫坂说"行"，并嘱咐田杉一定要说话算数，然后从外套内袋里掏出一只厚厚的信封，抽出一万日元，数了两次，然后抽出三张一千日元的纸币放回信封。田杉觉得信封里应该还有三万日元。

田杉傲慢地接过钱，因为他觉得宫坂退休后厚着脸皮回到公司向以前的同事放高利贷，这是见不得人的亏心事，因而觉得自己有一种优越感。有了这种优越感之后，田杉完全没有借钱的感觉，甚至产生出一种错觉——他觉得是自己白赚了七千日元。

田杉打算从七千日元里拿出三千日元寄回妻子的老家，剩下四千日元里的两千日元留作赌博的本金，还有两千日元，今晚可以和黑木藤子共度良宵。今天见到她，一定要问问昨晚去她的公寓为什么没见到她。田杉比宫坂先离开地下室，沿楼梯上楼而去。

三

回到办公室，田杉看到科长已经来了。他知道科长看自己不顺眼，于是默默地坐回椅子上。苍蝇拍仍在桌上，和刚才自己扔掉时的模样一样。他伸手把拍子放好。那个三十岁左右的女人仍在像玩耍似的剪英文报纸；返聘的老人依旧弓着背，专心致志地在记事簿上抄新闻；那名年轻的男子正在朝剪报本上贴报道。

科长叫田杉过去，语气听起来和平常有点儿不一样。肥嘟嘟、白得像女人的科长，皮肤很紧致。见田杉走到自己跟前，科长翻开一张报纸，用手指敲着上面的一张小照片。

"编辑部的人前天来借这张照片的事，你知道吗？"科长的声音很刺耳。

田杉揣摩着科长为何如此怒气冲天。这是昨天的晨报，科长所指的是即将赴美的某议员的大头照。因为不是太有名的议员，所以要看完报道的说明才会知道此人是谁。

"这张照片怎么了？"田杉反问道。

"不是怎么了的问题，是照片上的人搞错了！编辑部的部长都来抗议了。"

田杉觉得很诧异。仔细看了一下议员名字，很不熟悉。估计因为太没名气，所以他所在的部门把照片交给编辑部之后，编辑部直接刊登在了报纸上。

到底是谁把这张照片交出去的？

"也许你还不知道是谁交的照片。从文件箱里找出这张照片交给编辑部的人是三村，这一点我是知道的。"科长鼓着腮帮子说。

三村是这里的临时工，今天正好休息。听到这里，田杉有了一些头绪。

"据说前天下午两点左右，编辑部的人把写着A氏名字的便笺交给三村，让他去找这个人的照片。虽说三村已经是熟练工，但毕竟只是打工的。你作为主任，有必要为他把关、确认一下。但你当时看过了吗？"

科长的眼睛好像在喷火，激动地结巴着说："前天下午有部长会议，我……我去开会了。但……但你呢？你……你……你当时在办公室吗？"

田杉理屈词穷，无话可说。那个时候他正溜出去赌博，其他人也都知情，所以抵赖不掉。

"我当时不在。"

田杉回答说。心想科长肯定早就问过其他人当时自己去了哪儿，办公室的其他三个人肯定会说实话。

"你是出去喝茶了吗？"

科长故意讽刺地问道。

"我去看自行车竞轮了。"田杉破罐子破摔似的回答。

"自行车竞轮？"

科长故意做出惊愕的表情，但这只是呵斥的前兆。他瞪着田杉说："上班时间内去不该去的地方，结果造成这么大的事故，你不觉得自己负有责任吗？"

科长怒不可遏。田杉平时很看不起这位科长。科长的同事已经晋升为部长，他却在科长的位子上待了五年，谁都知道他急着想晋升。田杉平日里就经常在背地里说这个野心很大却没什么头脑的科长的坏话。作为对田杉这种态度的回应，科长对田杉也看不顺眼。田杉知道这一点。

"我承认自己有过错。但您既然问我是否觉得付有责任，我就想知道您具体想要我怎样？"

田杉的态度很强硬。看着科长肥肿的脸，田杉忍不住想和他对着干。房间里的气氛紧张了。

科长的脸上闪过一丝慌张的神情。

"首……首……首先，你得去……去……去编辑部道歉。"科长依旧结巴着说话。言语间感觉他似乎别无办法，只能说这些。他的脸色都变得有些苍白了。

这时，电话铃声响起。那个三十岁左右的女人声音僵硬地告诉田杉说有人来找他。这通传话对此刻的气氛而言非常唐突。田杉踩着沉重的脚步走出科长办公室，下意识地走下两层楼。繁村健作穿着脏兮兮的衬衫和中裤站在在大门口的接待处。他撩起长长的头发对田杉说："嘿，好热啊。"田杉一言不发地走出大门口，繁村跟在他身后。

两人来到有冷气的咖啡馆。一落座，繁村健作就用服务员送上的毛巾用力地擦了擦脸，毛巾都被他擦黑了。咖啡店里没有比繁村更邋遢的客人了。

"工作怎么样？"他问。

田杉递给他一支烟，回答说"没劲"。他脑子里还在想着刚才和科长吵架的事，感觉和繁村说话的时候像隔着一层玻璃似的心不在焉。

"你真的变了，已经完全是个上班族了，没了以前的热血。"繁村说着，露出一口黄牙。他没有固定的职业，一直穿着脏兮兮的衣服。一起读大学的时候，田杉和他都做过发传单的事。繁村健作觉得田杉变了，田杉则觉得繁村永远那么幼稚。

"也不是。"

田杉抽着烟，觉得有点儿刺眼。虽然他瞧不起繁村，但仍有一种被他抓住弱点的劣势感。田杉觉得自己没理由被繁村健作这种男人小看。繁村对自身窘迫的生活不以为耻，反以为荣，拿卑微当作正确来攻击田杉。虽然田杉觉得这种男人不值一提，但他仍感到焦虑、憋屈。

繁村健作从田杉那里拿过第二支烟，说最近会有大事发生。听他说话的意思，似乎田杉之类的会在此之后被社会抛弃。虽然田杉觉得繁村说的都是妄言妄语，但隐隐地又觉得繁村在前方挖了个坑，正等着自己跳进去。

喝完咖啡，吃完冰激凌，繁村一边用纸巾擦着厚嘴唇一边说："借点儿钱给我。"

田杉一开始就猜到繁村来找自己肯定是这种事儿，所以从刚才开始，他就已经在心里盘算起来了。他不知道自己还要被这个人拿去多少钱。今天只能给他五百日元。田杉觉得如果从自行车竞轮和与黑木藤子玩乐的钱里克扣太不值，所以他打算从寄给妻子的钱里扣除。这么一个小小的决定，在他心里却已经反复算计了很长时间。他害怕一旦拒绝给钱，不知道繁村会在背地里如何恶言中伤自己。好面子让田杉在繁村面前一直很没底气。

"好吧。"

繁村健作理所当然地拿起五百日元，故意当着田杉的面团成一团，塞进自己脏兮兮的口袋，然后披着一头脏乱的长发，耸起肩膀走出门。

田杉在咖啡馆待了一个小时后回到公司，办公室里空无一人。田杉看了一眼时钟，已经过了下班时间五点，但书库里还有声音，估计是临时工。

田杉往黑木藤子的公司打电话。藤子接了电话。田杉问今晚能否见面，藤子说"好"。

田杉挂上电话，拿出一支烟抽了起来。他看看科长的办公桌，心里想着不知道科长会如何处分自己，但应该不至于被辞退。要么把他踢到更加没事可做的部门，要么把他发配到地方上的通讯处。那张小到只有一厘米半见方左右、不知名的议员照片就算弄错了，对这个世界没有半点儿影响，却有可能改变自己的一生。一想到这里，他觉得这实在很不合理。

四

田杉和黑木藤子在老地方见面。

"你知道吗？昨晚我去过你家。"田杉说。

藤子放下果汁，抬头看着他问："你去过我家？完全不知道欸。"

田杉觉得这个回答有一种故意打岔的意味。

"十点多的时候你去哪儿了？"

"十点多？"

藤子甩了甩头发，朝天花板看去。

"哦，我去澡堂了。"

说着，摆出一副若无其事的样子。

田杉觉得她在撒谎。他和这个女人在一起已经两年了，却依然无法确定她的心在不在自己身上。这女人似乎故意不让自己弄明白，她应该还有别的男性朋友。他曾经在她家遇到别的男人，对方是个小白脸，当时正在和藤子一起吃寿司，见田杉进屋后就红着脸离开了。田杉当时忍不住揍了藤子。

"你干吗？不要想歪了！"藤子瞪着他说。

"谁想歪了？他是谁？"

"你管他是谁？公司同事。你想什么呢？真下流。"藤子吼道。

那件事，田杉记到现在。过了一阵子，两人抱在一起睡的时候，藤子说漏了嘴，说那个男人名叫细谷。

之前，田杉一直觉得藤子是自己的女人，但自那以后他开始不再相信了。到底这个女人的真心在哪里？虽然得到了她的身体，却没有亲密的感觉。每次睡她的时候，田杉都会想去证实，但每次他都感觉这个女人的肉体总是与自己的情感擦身而过。她似乎是他的，又似乎不是他的，摇摆不定、捉摸不清。这种没有固定支点的摇摆感觉让田杉腹热肠慌。虽然他自认并没有那么爱这个女人，但这种抓不住的感觉总是让他心神不宁。

田杉觉得她说昨晚那时候去澡堂肯定是谎话，但没有马上责问，只是擦了擦汗，站在原地。藤子问："去哪儿？看电影吗？"

田杉觉得看电影是浪费时间。他随手拦了辆出租车，推着藤子的背坐进车内，自己也坐进去，对司机说："去代代木。"

藤子一言不发地看着他的侧脸。田杉看见她的鼻翼浮出油脂。

来到旅店，刚进门，田杉就用手抓住藤子的脸，整个身体压了过去。藤子没有反抗，却也没有作出任何反应，她的脸上都是黏糊糊的汗，却让田杉觉得冷飕飕的。

田杉推开她。

"昨晚你是不是去见别的男人了？"藤子嗤之以鼻。

"说什么呀？真无聊。"

她看都不看田杉一眼，自顾喃喃地说天好热，然后脱去衬衫，对着电扇。但这电扇吹出来的风一点儿都不凉快，她只是为了完全无视田杉。

田杉强忍住怒气，脱掉领口已经黏糊糊的衬衫。洗完澡，他双手抱住黑木藤子的身体。藤子闭着眼，鼻翼轻微起伏，身体却是干涩的。她的皮囊虽然顺从着田杉的行为，内在却是空的。这种干涩让田杉忍不住揣测藤子昨晚的行踪。他又开始焦躁起来。当然，春药并非没作用，但奇怪的是，就在他一个人进入高潮的时候，他突然想起了必须给妻子寄钱的事。被繁村健作拿去五百日元后还剩两千五百日元。就算是在这种时候，寄钱的心事仍在折磨着他。

疲惫过后，浑身倦怠，田杉打着鼾，稍稍睡了一会儿。藤子双手撑着腮帮子看杂志，她没有疲惫的理由。田杉醒来后看着她那张脱了妆的侧脸。

"喂。"

藤子的视线依然落在杂志上，回答说："干吗？"

声音里没有任何感情。田杉怀疑这个女人到底有多少真心。要她的身体很容易，但田杉总觉得她在心里是拒绝自己的。仔细想来，这些年，这个女人始终如此。也许她还有别的男人。她是那种对谁都不会付出真心的女人，对谁都只有半吊子似的感情。

田杉有些生气，伸手碰到她的皮肤，想用这种方法让自己的感情得到弥补。但藤子甩开田杉的手说："太热了，我起来了。"

经她这么一说，田杉这才感到确实很热，自己的背上和胸口都是汗。头皮冒出的汗让头发像淋过雨一样耷拉在脑袋上。小小的房间里充斥着闷热的气息。

藤子从床上起来，坐在小镜子前补妆，然后穿上裙子，扣扣子的声响一一传入田杉的耳中。没过多久，穿戴打扮好的藤子判若两人。至少光着身子的时候，她是属于田杉的，现在却明显有了一副拒人千里之外的疏离感，就像娼妓脱去睡袍，换上了原来的衣服，会变得感觉完全不一样，让人难以接近。

田杉看到服务员送来的账单，付了八百日元，赊了一百日元的账。这时，必须给在乡下的妻子寄钱的心事又一次涌上他的心头。

两人走到旅店外。没有一丝风，依旧非常闷热。"去喝点儿冰的吧？"田杉说。

"不用了，太晚了。"

田杉看了看表，才十点半。

他伸手拦了辆出租车说："我送你。"藤子没有反对。

出租车多次遇到红灯，一路开开停停。每次停下，都能看到车前方有人慢吞吞地过马路。田杉对那种缓慢的动作感到焦躁不安，心想：要是能把那一个、两个人全都撞倒然后逃逸该有多痛快！车子开动的时候，车窗会灌进风，车子一停就完全没风了，车内只有沉滞的热空气。田杉开始担心科长会如何处分自己，不知道什么时候会下处分。等待处分的时段最为煎熬。他还得给乡下寄钱，明天就得寄。被繁村健作要去五百日元后的不适感怎么也消散不了。

来到藤子的公寓前，藤子说了句"谢谢"，迅速下车。田杉刚把半个身子探到车门外，就被她拦住，甩下一句："你别来，太晚了。"

田杉正在犹豫，司机插嘴叫他快点作决定。田杉只能坐回车里。

"去哪里？"司机没好气地问。

田杉说完要去的地址始终定不下心来。他担心黑木藤子也许正在和谁幽会。出租车开出差不多两公里远后，他终于忍不住说："我刚才忘了东西，你给我开回去。"年轻的司机没有开口应答，而是慢慢减速后掉头，接着猛踩油门，粗暴地驾驶着汽车开往藤子的公寓方向。

一看到藤子的公寓所在的黑色建筑物，田杉的心里又开始犹豫了。黑木藤子的屋里亮着灯，这种灯光是对他的一种拒绝。车子眼看着快要停下，田杉突然改口对司机说算了，让他开去四谷车站。司机哼了一声，重新调整坐姿,接着一言不发地重新上路。田杉看着司机的后背,心生憎恶,也对自己感到焦躁。他真想双手抱头,狠狠地揪自己的头发。

五

不知是不是因为太晚了,田杉等了很久都没等到电车。他在站台上一边踱步一边等。

终于,车来了。坐进空荡荡的车厢,他依旧心神不宁,连坐下的心思都没有,干脆抓着扶手站在车厢里。

电车摇摇晃晃地向前行驶。乘客很少,有人在打瞌睡,有人在看报纸,还有人目光空洞地发着呆。疲劳感包围着整列车。车厢里没有人说话。

田杉看着坐在自己面前、迷迷糊糊地磕睡的男人。他的年纪大概在五十岁左右,胡子拉碴,模样脏兮兮的。上身是汗湿的衬衫,下身是一条好像军装的卡其色裤子。这个男人并非在静止地睡觉,而是斜着身体倒向一边到了一定程度后,回复竖直的坐姿,然后倒向同一边,接着又回复原状。这种反复的运动在田杉看来就像眼中钉,让他的神经越来越紧绷。

田杉想过放开扶手,换个地方站,但就像扎了钉子似的留在原地，一步都没走开，就像突然遇到爬虫类时会一动不动地凝视对方一样。田杉的心里燃起了偏执。

看着眼前这个满脸脏兮兮汗水的男人没心没肺地东倒西歪，摇晃着身体，眼看着将要倒又没倒下的模样，田杉真想一脚踹醒他。他确实感到了自己的冲动，于是强忍住。

看着看着，田杉觉得有点儿发晕，眼睛跟着这个男人左右摇摆。男人伸着腿，背靠着座椅。每次都是倾倒至再差两厘米就会碰到座椅的危险时刻，突然回复到之前的坐姿。然后没过多久，身体又开始倾倒。对田杉而言，若是这个男人干脆倒在椅子上安安稳稳地睡着反而没事，那样就会有一种安定感，看客也会随之感到安定。但这个男人偏偏要在余下两厘米空隙的时候再度坐直，然后，继续倾倒。这种不安定感一次又一次地刺激着田杉的神经。

看着这个男人以固定的节奏摇摆的模样，田杉觉得自己的后脑勺又疼了，而且血液不停地往上冒，就像看单位里那个返聘老人无目的地抄写新闻时那样焦躁不已。必须给乡下寄钱的心事在田杉的意识中再次慢慢纠结，这个可恶男人不安定的半圆运动让田杉产生了新的强迫症。

田杉实在忍不住，朝男人伸出来的脚上踩了一脚。正倾倒至下方极限的男人因此突然受惊，将身体反弹回笔直状态。男人稍稍睁了一下眼，田杉看到他的眼睛通红如血。很快，他闭上眼，张着嘴，再次重复起令田杉无比讨厌的运动。

倒下，再起，然后又倒下，再起，就像是一种永动的反复运动，这让田杉越看越焦躁。这种不安让田杉产生了一种被压迫感：自己在单位里的地位、繁村健作说的大事、黑木藤子那颗抓不住的心……田杉觉得只要让眼前的这个男人停止晃动，就能带给自己安宁。此刻，虽然这种想法还没有上升到有意识的程度，只是一种不确定的感觉，然而他迄今为止累积的焦躁因此被点着了火，渐渐燃成一股敌意。

电车开过中野站。田杉心想，最多再忍十五、二十分钟。他强忍住不断涌上心头、快要发疯的冲动。电车里的乘客比刚才又少了一半。车厢里只有单调、懒惰和寂寥。

那个五十岁的男人又一次大幅度地倾斜着身体，而且还在继续倾倒，上半身几乎就要横倒在座椅上。田杉一直盯着他看。男人再差两厘米就要碰到座椅——接着又向下倾斜了一厘米。男人的身体倾斜到了这个程度，像是有所犹豫，小幅度地微微晃动着，只差最后一厘米就会碰到座椅了。田杉在内心喃喃自语：快碰到！快碰到！快碰到座椅然后停止晃动！

就在这时，男人的身体像是在嘲笑田杉的期许似的，一下子又坐直了。就在他又一次开始重复晃动时，田杉的眼里闪出异样的光芒，猛地扑向男人，双手紧紧地掐住了男人的咽喉。

青春的彷徨

一

四个人正在打麻将。此时已经夜深。

这家的主人是医生,另外三人是他的朋友。他们从天刚暗就开始,并想好了要打通宵麻将,现在已经不知道打了多少圈。

突然,院子里的狗叫了,紧接着是"咚咚咚"的敲门声。"谁啊?会不会是送电报的?"其中一个男人看着主人问,

他刚摸到一张好牌,手正停在空中。

主人一脸无奈地苦笑着说:"怎么可能?这种时候来敲医生家门的只可能是急诊病人。"

正在厨房给大家准备夜宵的医生夫人去玄关处开门,和来者说了几句话,然后回到麻将桌前。

"老公,是T家派来的,说病人很难受,请你务必过去一下。"

"知道了,你跟他说我马上去。"医生无奈,只能

出诊。他对三个朋友说："抱歉，我去给那病人打一针，稍微走开一会儿。"

"这样出去一趟，肯定有暴利可图。"其中一个男人开玩笑说。

医生临时联系护士、把车子从车库开出来……折腾了一小会儿，在众人"辛苦了"的语声中出了家门。

三缺一，麻将桌上的另外三人开始闲聊。送夜宵来的医生夫人也加入他们。

话题从病人讲到死亡，然后聊到自杀的话题。每个人都说了自己的想法，得出一个结论——如果要自杀，一定不要留下不堪入目的尸体，不能让这个世界上的任何人看到自己那副模样，最美的方式是完全消失。

说到这里，其中一个人开始讲故事，说是给大家当作等待医生回来期间的消遣。

女孩二十一岁，名叫佐保子。男孩二十五岁，姓木田。女孩的父亲是大学里的文学教授，男孩是教授的学生。男孩在进出教授家的过程中和女孩相识、相爱。女孩的父亲因此发怒，不让男孩再次踏进家门，并严禁两人继续交往。对女孩的父亲而言，这个男人不够资格做他的女婿。这位父亲在学校里教的是《万叶集》热情浪漫的相闻歌^①，但在现实生活中是一个世俗势利的父亲。他给女孩取名佐保子这种少见的名字，据说是源自与《万叶集》渊源颇深的奈良的佐保山^②。现实中，他却不愿放手，不允许女儿谈一场万叶式的恋爱。

女孩决定去死，是因为父亲突然开始为女孩安排相亲。男孩听到女孩的决定后，慷慨激情地说："我们只能去死。"

奇妙的是，两人一旦下定决心，眼中的世界就不再是灰色，而是充满了甜美的多彩。

两个人决定悄悄地去死，不让任何人知道，也不想被人看到尸体。就像被橡皮擦去了的铅笔字，从这个地球上无人知晓地消失，这是两人的愿望。他们觉得这才是清纯美丽的死法。

他们考虑了各种死法，但结果都会死得很难看，而且肯定会被人发现。就算跳海，浮起来的尸体也可能会被渔船打捞到，或是漂到某个海岸。一想到这里，两人觉得鸡皮疙瘩都起来了。

---

① 《万叶集》，日本最古的和歌集，按内容分为杂歌、挽歌和相闻歌，相闻歌在广义上指赠答歌，在狭义上指恋歌。

② 《万叶集》中大多为奈良时期（710~784）的作品。这一时期，以平城京（今奈良市西）为都城，文化繁荣，众多和歌作者居于此地。

结果，他们决定跳入火山口。火炉般的地壳中沸腾的滚烫岩浆一定能将身体完全融化，这样才是完全的"消失"。

三原山就有一个喷火口，但两人觉得那个地方太俗气，最重要的是离东京太近。于是他们决定去九州的阿苏山。

出发当晚，两人来到男孩常去的舞厅，幸福地携手共舞，还喝了不少酒，等到快发车的时候才赶到东京站。列车启动，东京的灯火渐渐远去时，木田与佐保子终于流下眼泪。

二

他们分别在京都和大阪下车玩了一通，到达熊本已经是出发后的第五天。

两人从熊本乘坐丰肥本线前往阿苏山。

列车不断向山上攀爬。一路上有溪流，有瀑布。经过几个小站后，他们读着三里木、肥后大津等一个个站名，渐渐有了奔赴死地的实感。

列车驶过火山外缘，来到一处平原，从他们的右手边可以看到从阿苏山喷出的白烟。此处看到的烟就像山顶上覆盖着的一朵白云，非常安稳，如果不说，都不知道那是火山烟。两人从列车窗口凝视着这番情景。

两人在名叫坊中的登山口下了车，车站建造得宛如山庄。车站外等候着一辆白色的登山大巴。乘坐巴士十五分钟，可以到达火山丘所在的山顶。眼下是一片广阔雄伟的高原风景，声音甜美的巴士导游妙趣横生地作着说明。大巴上的三十个人里，只有他们两人眼神空虚，茫然地望着这番美景。

巴士到达终点后，所有人下车参观火山。众人在此处登上时不时有小石头滚落的陡坡，来到距离火山口只有一公里处。

站在巨大的火山口边缘，目之所及，蔚为壮观。地壳在轰鸣，喷出的烟雾形成旋涡，直冲天际。火山口周围一公里左右全是断崖绝壁，高达数十丈，向下就能看到喷火口。木田与佐保子呆呆站在原地，为眼前的这番景象震慑不已。

做纪念照生意的人来到两人身旁。他们摆好姿势拍下照片，觉得这里将成为他们这辈子在这个世界上的最后所在，而这张照片也将是他们的最后一张合影。关于照片的寄送地址，他们分别填上了各自的住址。

然后，两人沿着火山口边缘走了一小会儿，若无其事寻找适合纵身跳入的地点。到处都是高高的断崖，从哪里都可以跳下。但如果想直接跳入喷火口，就必须先从断崖向下走到断崖底端。喷火口分为第一喷火口和第二喷火口，目前处于活跃状态的是第二喷火口，熔浆正轰隆翻滚，势如撼动地球。

两人看到周围都是游客，觉得没办法当着大家的面跳，打算等到大家都下山，到了傍晚再行动。此时，太阳当空高挂，天空万里无云。

两人漫无目的，信步而行。突然看到一块"请留步"的牌子，旁边有一条小路可以通往断崖底部。两人觉得若要跳入火山口，应该从这里下行。当然，这条路并非为跳入火山口的自杀者所建，原本是提供给火山观测员和硫磺采集员使用。但现在，想寻死的人常常会走这条路。

两人回到先前的地方，做纪念照生意的摄影师因为没什么客人而百无聊赖，看见两人后，问他们有没有火柴，然后借了火抽烟。他反复打量着两人，开始闲聊，问木田是否来自东京，还说自己也曾在东京待过。

他说最近因为大家都自带相机，所以生意越来越不好做。他还对两人说，如果没什么急事，可以再稍等一下，因为将有好玩的事情看。

木田问是什么事。摄影师说今天是救助自杀者的演习日,马上就会有大批警察从山脚赶来。

木田嘴上说着"居然还有这种演习",他和佐保子的心里却都"咯噔"了一下。

摄影师饶有兴致地看了看两人,继续旁若无人地说起演习的事:"首先,会有一个人扮成自杀者。"

他指向被烟雾阻隔的对面断崖说。那里比他们所在地的海拔要高很多。

"那座崖有五十米左右,可高呢。因为烟雾浓厚,所以造成了一种错觉,好像扮演自杀者的人马上就会跳入喷火口。其实,若从火山口向下跳,就算跳不进喷火口而摔到了悬崖底部,大多也会没命,和从百货公司的楼顶跳下来没两样。那样的话,尸体就无法消失在喷火口中。而且,那种绝壁断崖并非笔直光滑,而是凹凸不平,所以跳下去的时候很可能会被挂在半空中,想上上不了,想下下不去。那时候,很多人都会大喊救命。虽说是去寻死的人,但不可思议的是,人到了那种时候都会想求救。从断崖底部直接跳喷火口也一样,喷火口里多是盘根错节般的构造,跳下去的人一般不可能笔直精准地跳入地壳的喷气孔,而是会被钩住或卡住。那种人被救援者用绳子拉上来之后,大多都会有劫后余生的恐惧，再也不会说想死之类的话。"

摄影师一口气说个不停。

三

简单概括摄影师所说的话，包括以下内容——

长途汽车终点站边上有一间茶铺，里面的老爷子二十年来已经搭救了数千名自杀者，大部分是还没到火山口就被他救下的。他可以通过对方的模样大致判断出来——那些人常常乘坐最后一班长途汽车来到这里，跟在一般游客后面有气无力地走着，无精打采，脸色无光。老爷子见状，就会上前搭话，结果对方果真是试图自杀者。

被老爷子搭话的人里没有甩手不理、径直去寻死的。但有时候老爷子觉得问太多也不合适，就会悄悄地跟在那人身后，在对方打算朝悬崖底部走去时"喂！"地叫住他。据说大部分人都因为这一声"喂！"而在最后关头停下了脚步。这是一种不由自主的求生本能。

曾经有人在无人知晓的情况下纵身一跃，却在半途中被峭壁挂住，结果奋力爬上来，浑身是血，半夜跑去茶铺敲门求助。

摄影师东拉西扯地说着各种案例，这时，由大约三十人组成的巡查队和消防队已经爬上山来。

木田和佐保子看着这一行人开始进行所谓的救助演习。他们一个个手里拿着绳子,一起降到悬崖底部的火山口边上,然后将穿着旧衣服的稻草人放进喷火口。这部分的演习是模拟自杀者跳入了喷火口却被卡住没掉下去。

号令响起。巡查人员开始了救援行动。一个人拉着绳子,沿着喷火口朝下爬。因为处于活火山的喷烟之中,所以光是旁观都觉得手心冒汗。下面的人发了个信号,上面的人就"嘿呦嘿呦"地开始拉绳子,直到先前下到喷火口的男人抱着稻草人一起爬了上来。周围的游客个个拍手发笑。

看到这番情景,木田和佐保子非常失望。不让大家看到尸体、干干净净地从世界上彻底消失的美好幻想瞬间化为乌有。看着被绳子一点点地拉上来的稻草人,他们觉得仿佛看到了自己,实在不堪入目。于是,他们彻底打消了在这里寻死的念头。

木田和佐保子一言不发地下了火山。

这天晚上,他们在山脚一家名叫内牧的温泉旅馆住了下来。

"我们回东京吧。"木田说。佐保子点点头。奇怪的是，寻死的念头已经从他们的身体中渐渐抽离，渐行渐远。

"反正已经来了，不如多玩几天再回去？"

"好啊，也不知道还会不会再来。"

就好像物极必反，两人居然有了一种不可思议的乐观心态。他们甚至幻想就在他们逃离的这阵子，看到他们遗书的父亲终于心软妥协，开始四处寻找他们。他们觉得船到桥头自然直。

因为两个人出来的时候都带上了各自的积蓄，所以经济方面还绰绰有余。于是两人决定观光游览一番。木田在学生时代曾来过别府旅行，觉得这地方很没劲，但鹿儿岛又太远。

木田咨询了旅店的掌柜，掌柜建议他们可以从这里坐巴士到耶马溪，然后去门司。

"耶马溪？好想去。"佐保子很有兴致。

木田小时候听说过"耶马溪"的名字，但从没去过。从这时起，两人的旅程已经不再是殉情之旅。

他们乘坐的前往杖立的长途汽车开上了内牧[①]北侧火山外缘的蜿蜒山路。山顶叫大观峰，从车窗朝外看

[①] 此处的杖立和内牧都位于熊本县阿苏市，以温泉旅馆闻名。

去，火山口所在的高原在下方一览无遗。对面耸立着五座山。导游介绍说，那是释迦牟尼躺倒的姿势。经导游这么一说，确实好像可以看到脸、胸、腹、脚齐全的人形轮廓。胸部和腹部的地方正在喷烟。曾经想要殉情的两人与这位"释迦"只能说是无缘。

随后，他们从小国町①再换乘另一辆长途汽车。车子朝着东北方向，在群山环绕的山路上一会儿上一会儿下。周围已经看不到什么人家。又行驶了很长一段距离后，他们到达了被称为"九州阿尔卑斯"的久住高原北麓。

两个小时后，他们来到一个名叫"森"的高原小镇，这里曾是一座两万石②的城下町③，童话的开创者之一久留岛武彦的先祖做过这里的城主。

他们从这里换乘另一辆长途汽车，再次登上山路。路的两侧是深不可测的森林深谷。经过四十分钟的车程，他们终于来到名叫"深耶马溪的一目八景"的胜地。

两人所乘坐的长途汽车从南侧进入溪区。耶马溪的

---

① 位于阿苏外轮山北侧高原的城镇。

② 大米单位。1石的定义是平均1人1年食用的大米量。"1万石的大名"可理解为"能养活1万人的大名"。

③ 日本的一种都市形态，以大名居所为中心、武士和其他业者居于周边的城市。

正门入口本来应在其北侧的中津，著名的"青洞门"指的就是这个入口。这里因地形不同又可以细分为本耶马溪、里耶马溪、东耶马溪、奥耶马溪和深耶马溪。南部深处的深耶马溪被誉为绝胜之境。

"一目八景"的特色在于，宛如中国南宗山水画里的奇岩怪石令人难以置信地集中在一处。这里是耶马溪的招牌名胜。

在这里，只有两家破旧的客栈。

木田与佐保子到达的时候已经将近傍晚，他们没怎么犹豫地投宿了一家名叫"鹿鸣馆"的客栈。

四

提到鹿鸣馆，一般都会想到日本明治初年西化时代的舞会，但这家客栈与那种光鲜亮丽相去甚远，与茅草屋顶的寻常百姓家倒是几乎无异。两人被带到二楼的客房，壁龛里挂着达摩的画轴，房间里的六块纸门上也挂着黑乎乎的达摩画。名胜之地里有这种客栈也算少见。香菇似乎是当地的特产，因为客栈提供的膳食里每道菜都有香菇。其他还有鲤鱼味噌汤、鲤鱼块和鲇鱼干等，都很有山野风味，对这两人而言很是稀奇。

百姓模样的店主夫妇有五十多岁，上楼向他俩寒暄了一番。

"两位从哪里来？"

"东京。"

"果然，俺们猜也是。这山沟沟里没啥好招待的。但如同山阳先生[①]说的那样，景色绝对日本第一。两位慢慢享用。"

这天夜里，除了木田二人，并没有其他住客。听客栈的老板说，秋天看红叶的时节，会有很多旅行团纷至沓来，但在其他时段，生意就很清淡。

木田和佐保子都是从大城市来的人，衣着也很讲究。他们这种打扮的人来到九州的深山里会显得非常惹眼。第二天，他们在附近散步的时候，一路上遇到的村民、伐木工和开拖拉机的年轻人都纷纷向他们行注目礼。

两个人走了很久，没有一丝寻死的念头。

这附近有红叶谷、丽谷、锦云峡等景点，主要景致是水与奇石怪岩构成的溪谷之美。集块岩[②]的侵蚀让这里奇峰群立，岩石上方还长着树木，就像赖山阳描述的

---

① 赖山阳，江户时代后期历史学家、思想家。
② 一种经压实而固结的火山碎屑岩，多带棱角，分布于火山口附近或填充于火山口。

那样："树于石缝中横生、纵生、成群而生，遮蔽岩石。"

溪谷很深。郁郁葱葱的森林给人无边无际、瘴气弥漫的感觉。橡树、栲树等常绿阔叶林中混杂着山毛榉、昌化鹅耳枥、桦树、枫树等落叶林，森林深处则是另一番原始模样。

五月初，树上都是刚萌芽的新绿。整座山上层层叠叠的绿色交织在一起，祖母绿与松石绿等和谐相交。迟开的春花还有不少留存香气。老莺好似在歌唱，百舌鸟亦在欢啼。

"这儿真美。"

"太好看了。"

两人穿过树林，沿着溪流走在山路上，不由得感慨道。来到这里，他们身心愉悦，似乎已然忘却一切。

回到客栈，他们在溪流边泡了个"温泉"。名字虽叫"温泉"，但其实只是在木板搭建的小屋里放一只简易木桶，非常原始的感觉。就"温泉"而言，温度偏低，四十度左右，得泡三四十分钟才感觉发热。虽然几乎没有现代设备，却给人留下很有风情的印象。

客栈照例送上香菇和鲤鱼料理。这家客栈老板的侄女正当妙龄，每次送餐来，总是兴致勃勃地看着来自大城市的木田和佐保子。她的眼中满是明显的憧憬之情。

毕竟是生活在没有任何娱乐的山里的姑娘，如果想看电影，只能半月一次地前往离这里将近十公里远的农村小学，去看巡回展映的电影。她自然非常憧憬大城市的生活。木田和佐保子一说起东京的事情，这姑娘就听得两眼放光。

木田与佐保子觉得被招待得很好，所以决定再住一晚，第三天再离开。

一想到当日是旅行的最后一天，他们决定走得稍远些看美景。听说上面是一片高原，景色很美，所以他们决定在午前渡过客栈前的溪流，登上名字里有"岩"字的、夹在巨大岩石之间的道路。只要在下午三点前赶回来，就能坐上末班车。通常情况下，时间足够。

他俩爬上勉强容纳一个人通过的狭窄陡坡。花了很长时间，好不容易来到山顶。抵达山顶的时候已经汗流浃背。

山上的风景果然很美。这里海拔五百米左右，是耶马溪景区最大的高原景点，可以一览久住山、由布岳、万年山、英彦山、犬岳等群山。新绿的森林也分外吸引人。他们看到一头老鹰始终在下面的森林里盘旋飞翔。

两人在草地上吃了从客栈里带出来的便当。吃完后，木田枕着佐保子的膝盖小憩了一会儿。

好安静。洒满阳光的空气通透得让人心旷神怡，感到世界宽广无比。

他俩亲吻了很久。空气里弥漫着青草的味道。不用再开口，两人已经心照不宣地认定不再想去死。

高原的寂静让他俩的感情更进一步。仿佛天地间只有彼此，与世隔绝。

过了很久，两人开始下山。

却在不知不觉中半途走错了道。

耶马溪属于山国川流域，是熔岩高地，东西三十六公里，南北三十二公里。山中有无数小路：村民走的路、伐木工人走的路、烧炭人走的路、栽培菌菇者走的路，等等，在深林中纵横交错。

两人迷了路，无法沿原路返回。

"啊，这条路也不对。"

"不对，来的时候好像不是这条路。"两人开始兜兜绕绕。

"啊，这里刚才来过。"

两人在山中不断彷徨，渐渐感到疲劳与不安。

两个小时后，他们终于幸运地遇到一名樵夫，走上了与他们之前所选的完全不同的方向，这才回到客栈。那时候他俩彻底累趴下了，而且已经过了末班车发车的三点钟。

没能赶上末班车，导致了一个意料之外的结果。

五

两人回到客栈的时候，客栈里的人都在担心他们。因为山谷里太阳落山很早，所以当时天色已暗，必须开灯。

"辛苦你们了。要是我给你们带路就好了，但看你们是一对儿，觉得我跟去会碍事，所以没吱声儿。好在你们终于回来了。再不回来，都想出去找你们了。"吃完晚饭，坐在他们房间里的客栈老板挠着脑袋说。

老板说这里的山很幽深，还说起了去年发生的一件事。

正好是一年前，一对六十多岁的老夫妇住在这里。个子小小的，打扮得很整洁，也很有品位。

老夫妇在这里住的五六天里，每天上午都会出门去观景。当时，客栈夫妇还挺佩服老人家每天走那么久，更让大家佩服感动的是夫妇二人的相亲相爱。

他们彼此叫对方"老头子"和"老太婆"，两人之间平静和谐的气氛让所见之人无不感动，甚至猜测这对夫妇年轻的时候也没吵过架。老爷爷看起来风度翩翩，老奶奶也像能乐中的贵妇人一样。听说老爷爷年轻的时候在女子学校做校长,难怪看上去很有气质。

老夫妇的恩爱在客栈和附近成了美谈。之后,他们离开了客栈。但他们并非乘坐巴士回城里,而是朝森林深处走去。

村里的一个女人在砍柴回来的路上偶然看到两人最后的身影。她没想过他们会去殉情,过了很久,那个女人经过客栈的时候随口问了一声,客栈的人说,只听说他们要回去。大家觉得很奇怪,于是五六个人一起前往刚才遇见老夫妇的地方去寻找,却怎么都没看到人影。

一周后,一名自称老夫妇儿子的中年男子从远方赶来,手里拿着老人的遗书。这封遗书是老夫妇从客栈前的信箱投递出去的。他们在遗书里说,因为自己年纪大了,不想给大家添麻烦,所以趁现在腿脚还方便,两人一起去死。遗书里还写着让他们不要去搜寻尸体。据说,老人平日里就一直说自己活得太久了。

"那时候,我们拜托村里的消防局搜了两天的山,但至今仍没找到尸体。他们的儿子拜托过我们,说一旦找到,马上告诉他,他会立刻飞过来。但这深山老林的,估计永远找不到了。"

客栈老板说完,皱了皱眉。

这番话让木田和佐保子深受触动。他们仿佛能看到蹒跚着消失在森林深处的老夫妇的背影。两人因此心情变得沉重起来。

第二天，就在他们准备回东京的早上——

木田和佐保子吃完早饭，无精打采地发着呆。

木田抽着烟，佐保子喝着茶。两人的眼睛漫无目的地看着屋外。

与客栈隔着一条小路的地方，有一个可以观景的瞭望台。大部分客人下了汽车都会去这个瞭望台俯瞰美景。

就在这时，两人的眼前出现了一辆高级出租车。虽然之前也会时不时地看到运送木材和木炭的卡车，或是乘坐出租车过来的客人，但眼前这辆是即使开到东京市中心也会非常惹眼的新款高级轿车。两人的目光也不由得被吸引过去。

从车上走下来一对年轻男女，登上瞭望台，看起来并无异样。让木田和佐保子吃惊的是这两人的打扮。男人穿着剪裁一流的灰色西服，远远看去都能看出是进口的高级货。女人戴着宽边黑色帽子，穿着黑色丝绒连衣裙，脚上是黑色高跟鞋——从头到脚一身黑，只有蕾丝手套和手袋是白色的。从背后看去，女人的身材纤细优美。那两人讲究的高级服装令木田和佐保子望尘莫及。

司机对男女的指示恭敬地点头遵命。看完风景，两人转过身来。这时，木田与佐保子看到了那两人的脸，再一次吃惊不已。就算在美女如云的银座，也很难见到那么标致的一张脸——女人的脸上散发着高雅的魅力，光彩照人，连她周围的一切仿佛都跟着熠熠生辉。

高级轿车载着两人离开之后，那画面依然灼烧在旁观者的眼底，令人印象深刻。

木田与佐保子莫名地感到一阵失落，觉得一切都无所谓了。

一股不可思议的绝望感如潮水般向他俩袭来，此刻，他们眼中的景色已经变得暗淡、干枯。

六

"后面的事，我觉得我已经猜到了。换言之，那个黑衣女人就是死神，对吗？"一个手肘撑在麻将台上托着下巴的人对说故事的人说。

"是的。"说故事的人点点头，"确实如此。毕竟见到那两人之后，木田他们的心情就急转直下，一蹶不振，之后渐渐又起了要去死的心。加上昨夜刚听说的老夫妻的事在他们的脑中挥之不去，木田很羡慕那对无人知晓地在深山老林里了结人生的老夫妇。他和佐保子商量了一下,发现佐保子也有同感。他们俩想到一块儿去了。"

"两人也打算死在树林里吗?"一旁的医生太太问。

"是的。他们走出客栈,穿过名为'丽谷'的溪谷道路,心灰意冷地走向森林深处。"

"怎么回事?我怎么没听懂?"

"是这样的——可能木田和佐保子自己都没意识到,他们在阿苏山放弃自杀念头,是在看到用于救助演习的稻草人之后。那个稻草人让他们想到了自己的模样,所以产生了厌恶感。他们俩的目的是要美丽地死去。该怎么说好呢?这算是一种自我人格的优越感(superiority complex)吧?他们很容易从稻草人联想到丑陋卑微的死亡,所以放弃了。换言之,可以说是'优越感'救了他们。而且这种优越感一直持续到耶马溪的客栈。周围低水平的生活状态让他们感到一种作为城市人的自豪。这时候两人都没想过要死。然而,那天晚上,他们听说了老夫妇的美丽之死后,深有感触。第二天又看到了那对衣着讲究的男女,比他们穿得好,样子也好,于是,他们有了一种从高处坠落的感觉。这是一种突然而至的挫败感与自卑感(inferiority complex),这种挫败感让他们之前的自信与生存的念头瞬间崩塌。于是,他俩之后便再无犹豫。他们感到这个世界非常无趣,无可救药的绝望感将两人彻底击倒。再次将两人诱至死亡的暗示无疑就是那对老夫妇的殉情。我觉得那两个人的心理应该就是如此。"

"这么说来，那对老夫妻算是死神的帮凶。"

"不是，并非如此。其实老夫妇是将两人从死亡边缘拉回来的救命之神，之所以这么说是因为——"

木田两人出去散步的时候，客栈里没有任何人怀疑，毕竟他们当时的模样并没有任何异样。

"今天要回去了？这次可别再错过末班车哦。"客栈老板说。

"是啊。"木田和佐保子微笑着说完，走到外面。客栈老板的侄女将两人送到门口，见两人上路朝右转，没过多久就走上通往丽谷方向的道路。之后，他俩的身影消失在重峦叠嶂的绿色树林间。这时是早上十点半左右。

过了十二点，准备好午饭的老板侄女在通往丽谷方向的路上找到两人，看到两人正面朝溪流，并排坐在树荫下。老板侄女说："午饭准备好了。"

男的回答说："谢谢，但我们肚子不饿，不打算吃了。"

"是吗？那我先走了。"老板侄女一想到他们两人是情侣，就很识趣地独自回了家。之后又过了两个小时，两人依然没有回去。老板侄女担心他们拖拖拉拉地又错过末班车，所以再次去老地方找他们。这次却没再看到他俩。

老板侄女一边呼喊他们的名字一边提醒道："末班车快来了！"她在那里找了一会儿，却只有她自己的声音空荡荡地回响在树林间。

老板侄女突然有一种不好的预感，于是赶紧回客栈。听完她的叙述，老板夫妇也脸色大变。

没过多久，应对火灾等情况的消防局的年轻人全都被召集起来，立刻开始搜山行动。

大家从老板侄女最后见到他俩的地方开始搜找，渐渐进入森林深处，再散开分头搜寻。

整整过去了三个多小时。正当大家眼见天色已晚、打算放弃搜索的时候，终于发现了步履蹒跚的两个人。能在那种人迹罕至的地方找到他俩，只能说是不可思议。

两人已经完全没了力气，一看到大家的脸，突然放声大哭起来。俩人瘫软地坐在地上，指了指被蕨类和苔藓覆盖着的大岩石。

大家朝两人所指的方向看去——杂草丛中躺着两具尸骨，其中一具还穿着鞋。

"啊！"鹿鸣馆的老板大叫道，"这是去年住在我们店里的老先生和老太太！"

"两人为了找地方寻死，来到了岩石边，本打算上吊。男的解开自己的领带，女的也解开自己的腰带。"

"哎哟！"

"他们不经意间朝下一看，看到了那两具白骨。他们当时非常震惊。看着那两具可怕的白骨，他们完全没了要死的心，之后就一直在附近彷徨。"

"这么说来，是老爷爷和老奶奶救了他们啊！听了这个故事，我也很有感触。"

这时，出去看诊的医生回到了麻将桌前。"你回来了？"

"辛苦了。"

"真是抱歉，离开了那么久。你们刚才在聊什么？"医生看着妻子和友人。

"我们听了一个故事，名字叫《自卑是死神》。"其中一个男人说。

"自卑？不知道你们在说什么。但我对自己的麻将技术肯定不会感到自卑。不信？来啊，重新开打。这回轮到谁坐庄？"

医生的劲头十足。众人笑声四起。

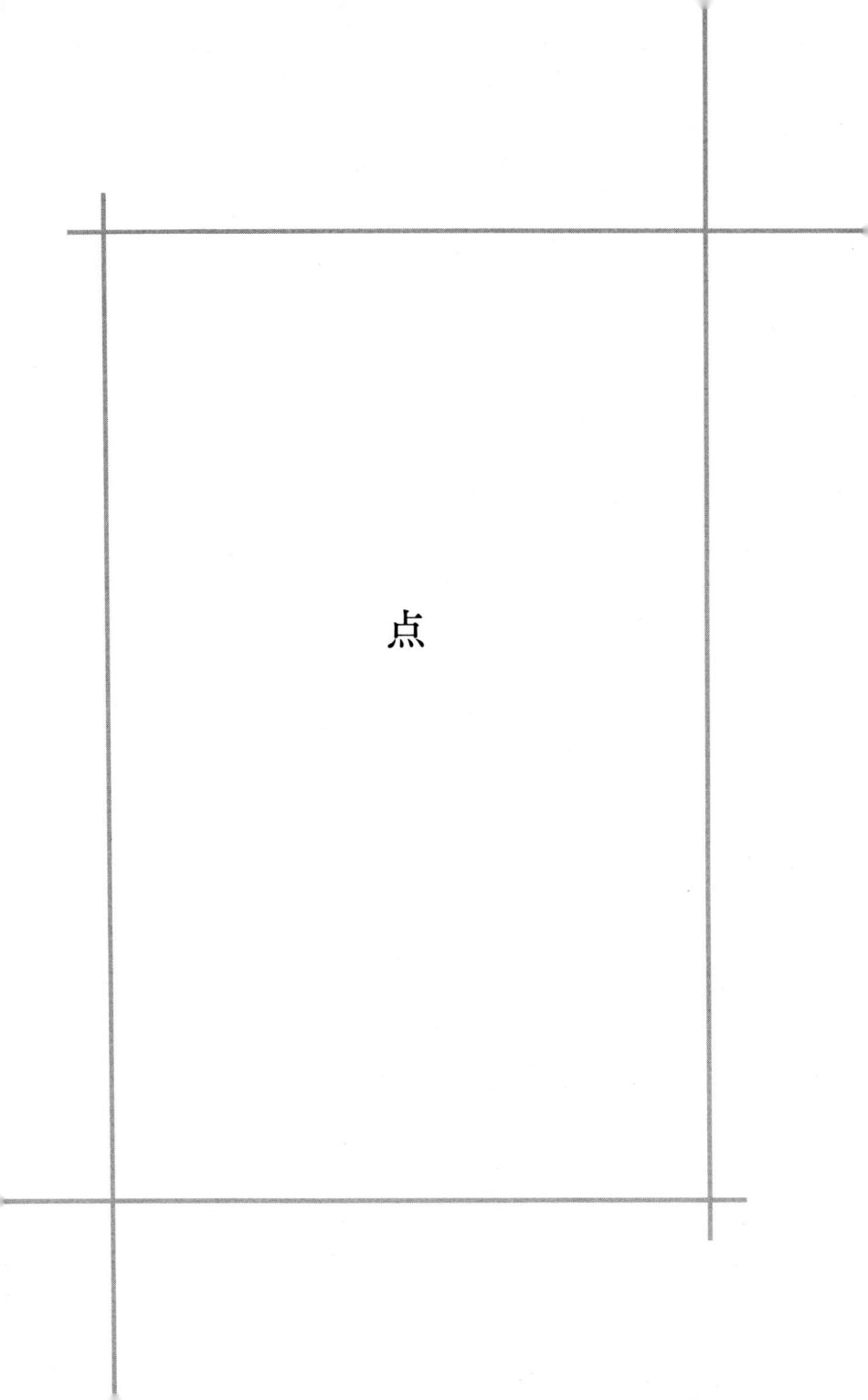

点

一

刚刚入冬，伊村时隔四年回到九州 K 市。在这里，他没了家也没了亲属，所以选择投宿在旅馆。

因为很久没回来，所以伊村非常忙碌。见朋友，见熟人，每天早上从旅馆出门，不到夜里不会回来。外出期间，他会从外面打一两个电话回旅馆。

傍晚五点左右，伊村打电话回旅馆，服务员接听电话后说："有个小女孩从 U 町来找您。"

U 町距离 K 市三十多公里，是个靠近渔村的小镇。老板娘知道伊村回这里是为了看老朋友，以为女孩是伊村朋友的女儿。

"多大的女孩？"伊村问了一句。服务员说大概九岁。伊村觉得自己在这儿的朋友里没人有这么小的女儿。伊村问女孩叫什么，服务员说："她身上带着一封信，寄信人栏写着'笠冈'。您早上出门没多久，这孩子就来了，从九点左右一直等到现在。"

伊村想不起来自己有什么朋友名叫笠冈。服务员说孩子从早上九点起就一直在等，这意味着那孩子已经等了将近八个小时。伊村在电话里对服务员说自己马上回去。

伊村坐上出租车回到旅馆。服务员见状，赶紧去玄关边上的接待室叫孩子。伊村见一个躲在椅子后面的小女孩走了出来，身穿脏兮兮的红毛衣，深蓝色的裙子也是脏兮兮的。脸蛋长得还算可爱，皮肤很白，很薄，前刘海垂到眉毛上。一看到伊村，她就把手里的信递给他。

信封正面收件人栏确实写着伊村的名字，背面的寄信人栏写着"笠冈重辅"。但伊村从没听说过这个名字。

"你爸爸让你送来的？"伊村站在走廊上问，女孩默默地点点头。伊村觉得女孩站着有些可怜，于是把她带到二楼自己的房间。

女孩在火盆前坐下，伊村与她面对面，然后把信封撕开。"我之前受A社委托执笔《黑犬手记》，意外拿到了高额的稿费，让我至今难以忘怀。之后我又成功地把稿子卖给过两三家杂志社。我想更上一层楼，于是向R社提出执笔申请，当时他们立刻回复说看最终完稿的情况，若是好的话，有可能给我做个大特辑。为此我热血沸腾地去了东京。但给他们看过稿子后，被他们冷冷地拒之门外。无奈之下，我只能开口问他们借钱，打算哪怕露宿街头也要在东京再拼上一阵子。但结果他们把我赶回九州。回到老家，我继续努力想要完成作品。记得作家I说过，'无论腰缠万贯还是一贫如洗'，都应该坚持创作。所以我虽然穷得早晚只吃一个面包，却依然笔耕不辍。前几天，我刚好看到报上登了您来K市的消息，所以厚颜想向您求助，就当是为了我的孩子——其实我自己每天也都饥肠辘辘。但我没想着吃白食，同封送上我的素材，请求您付费买下。我好不容易才凑到小孩坐火车的钱（成人要的半价）。请原谅本人无法亲自拜访。笠冈重辅敬上"

伊村是剧作家，他来K市的事被刊登在报纸的消息栏里，连他投宿的旅馆名也被登了出来。笠冈重辅是个很有心机的人，看到报纸后便派小孩"慕名"而来。

旅店服务员送来点心。伊村想到女孩从早上等到现在，于是问："你还没吃午饭吧？"女孩看着伊村的脸，摇摇头。一旁的服务员噗嗤笑着说："中午我们都把店里多余的饭菜分给她吃了哦。"

伊村听完，说"那就好"，然后拜托服务员把点心打包，过会儿让女孩带回去。他打开装在同一只信封里的脏兮兮的原稿和便笺。纸张已经很旧，甚至有些破烂，而且是用铅笔写的，很多地方字迹不清，读起来非常费劲。文章写的似乎是他本人的回忆，内容都是非常片断化的，前后没有关联。比如有这样一段：

昭和二十×年，最初为H县C地区警署的S，后为国家警署N支所的S，7月变为特批的S。……谍报机关与S的关系（谍报的"黑市"）、我的立场、除名与坏情报无关、不知不觉开始上报假情报——国家警署W部长的冷脸。离职。或遭暗杀。生活窘迫。为求生活保障、职业安稳而去福利局谋生计，遭拒绝。老幺之死。妻子申领失业金。憎恶妻子。

纸上记录着的就是这样断断续续的内容。原以为是三张稿纸，仔细一看，其实是一张纸撕成两张用。另外还有便笺，上面的内容更加难辨认，都是没有关联的、淡淡的铅笔字。最好认的就是写给伊村的那些话。

上述内容中的S就是间谍。从这些断断续续的文字中，伊村可以猜到，笠冈重辅曾是警察，现在生活窘迫。所谓向A社、R社售卖的"作品"，其实就是揭露其作为S时所知晓的秘闻。

伊村只能猜测到这种程度，因为字迹不清，难以看懂，断断续续地完全不成文。虽然并非不能想象出大概，但毕竟太过笼统，实在很难称之为"素材"。而且伊村对这种题材没什么兴趣。

二

伊村觉得如果是笠冈重辅本人带着这些所谓的素材前来，自己肯定会一口回绝；但现在对方派来一个小女孩，自己就没辙了。如今，这孩子正抓着二楼的扶手，眺望楼下院子池塘里的鲤鱼嬉戏。

伊村问小女孩她爸爸在做什么。小女孩回答说："在家里写小说。"伊村觉得笠冈重辅一定还在继续写着打算卖给哪家出版社的揭秘文稿。

"你爸爸为什么没来？"

"他没有像样的衣服。外套拿去典当，换了我来这里的车票。"女孩说"典当"这个词的时候非常自然，完全不拗口，感觉是平时经常在使用的词。

"车票只买了单程吗？"对于伊村的这个问题，小女孩很快地"嗯"了一声，没有特别担心的模样。因为已经见到伊村，所以小女孩一脸放心。

从只能给女儿买单程票的举动可以想象笠冈重辅拿

去典当的那件外套的破旧程度。可能他连大衣都没有。然而，伊村对这个男人的做法感到吃惊。笠冈有没有想过，如果没有见到伊村，这个小女孩会怎样？

因为猜到这个男人在打什么算盘，所以伊村对笠冈的做法感到非常厌恶。连回程的车票都不买，那么肯定也不会给小女孩路上吃饭的钱。他从一开始就相信伊村会出钱。这种方法非常无赖。被素未谋面的人以这样的方式要钱，伊村觉得非常不愉快。这种利用小孩的举动更让人感到一种恶意。

然而，一看到孩子的脸，伊村觉得不能不管。这时，小女孩正用黑乎乎的手指抓着点心盘里的栗子糕吃，同时转着眼珠，指着池塘，问伊村里面有几条鲤鱼。

"你妈妈呢？"

"去了其他地方。"

"一直都不在家？"

"嗯。"

伊村猜想笠冈可能已经和妻子分手。他再看看小女孩，她的脸上没有任何表情。伊村这才意识到，从刚才见面到现在，这个孩子从未笑过。

这时已经将近六点。夕阳西下，外面开始变黑、变冷。伊村注意到孩子身上单薄的毛衣。他让旅馆服务员查了一下列车时刻表，得知三十分钟后有一趟开往 U 町的火车。他立刻让旅馆帮忙做了便当，还想到孩子走路去车站会比较慢，所以拜托旅馆安排车子送她去车站。

在此期间，伊村一直在犹豫着到底该付多少钱。因为是被人强买强卖对自己来说无用的东西，其实无论给多少应该都行，但他还是很犹豫。他以前从没遇到过这样的事儿。他很清楚对方是在拿孩子当工具，所以一点儿都不同情对方。但看着孩子的脸，又觉得不能让她空手而归。明知是个局，还得往里面跳，伊村想想都觉得窝火。最终，他用纸包了一千五百日元，另外又给了女孩三百日元当作回去的火车票钱和零花钱。伊村认为，笠冈重辅打开这包钱的时候肯定会啧啧不满，但他无所谓笠冈怎么想。

服务员告诉伊村车子来了。伊村让女孩赶紧出门。女孩扶着扶手下楼，一路小跑地走到旅馆门口。她一点儿都没有害怕的模样。旅馆服务员问伊村是否需要陪女孩去车站帮她买好车票看着她走。伊村说没必要，既然能一个人来，应该也能一个人回去。比起这孩子，她爸爸更让人恼火。

伊村看着十几名服务员在旅馆门口站成一排，目送女孩坐上汽车。

"快看她穿的那双鞋。"

听到服务员之间的闲谈,伊村看了过去,发现女孩赤脚穿着拖鞋模样的鞋子,鞋底已经很薄,而且黑乎乎、油腻腻的。那孩子抱着装便当的包袱,一路跑上车,头也不回一下。

回到房间,服务员一边收拾一边对伊村说:"那孩子真懂事,一点儿都看不出只有九岁。"

伊村抽着烟笑了笑,然后问:"从九点到我回来的这段时间,她都在干什么?"

服务员重新拨弄了一下火炉里的火,说:"她一直和这儿的其他几个孩子玩。那孩子完全不怕生。"

服务员不清楚小女孩和伊村的关系,所以使用了这样的表述。伊村听完,稍稍有些安心。如果听到小女孩一个人被晾在一边,他一定会心里不舒服。

伊村再一次从信封里拿出好像废纸的稿纸。其实,他本来想说自己根本不需要这些,想让女孩带回去,但想想那么做实在有些侮辱人,所以就用购买的方式留下了这些稿纸。但怎么看都觉得这些支离破碎、脏兮兮的片断文字实在让人提不起什么兴趣。伊村觉得这些内容和自己不会有任何关系。于是,他把稿纸塞回信封,扔到包里。

之后,伊村再没想过这件事。两天后。

伊村一大早就接到一通来自其他市的电话。

"是我呀。"对方说。伊村听出来这是他住在 U 町的老朋友的嗓音。

"听说你在 K 市,本来想去找你的。但不巧亲戚病重,随时可能离世。"

"没事,能听到你的声音就心满意足了。"伊村对着电话筒说。

"别这么说。要不你来我这里吧,这样的话,万一亲戚有个三长两短,我也可以随时过去。抱歉让你配合我的时间,但还是很希望你来。"

"这样啊。"伊村想了想,本来可以借口太忙,回复去不了,但他突然想到笠冈重辅也在 U 町,于是产生了一种想要见一见那份破文稿的卖主的念头。他觉得自己不算是特地过去,反正要见老朋友,就当顺道见一下对方。

于是,伊村对老朋友说今天已有安排,明天可以约见面。挂上电话,在伊村的意识中,比起数年未见的老友,素未谋面的笠冈重辅的形象反而奇妙地更显浓重。

三

伊村下了火车来到U町已是午后。他走过车站前带子般细长的商业街，来到老友家住宅与商店兼用的门面。老友经营的是一间食品店。

伊村进店问"有人吗"。从摆放着罐头等货物的架子后面探出友人妻子的脸，一见是伊村来了，拍了一下手，热情地说着："稀客、稀客！快请进！"她笑的时候，满脸的褶子都在晃动。伊村觉得友人妻子的皱纹以前没这么明显。

一阵寒暄过后，友人妻子突然收起笑脸，皱着眉说："我家里那口子知道你要来，可高兴了。但今天一大早，亲戚家那位老人就突然不行了，所以他现在正在亲戚家。他说过一定会回来一趟，还反复叮嘱我，见到你一定要把你留住，在家等他。"

听到友人的突发情况，伊村有些失望，但心里的某个角落又有一种庆幸的感觉。他觉得既然不知道友人什么时候会回来，那么与其在这里等，不如利用这段时间去见一下笠冈重辅。于是，伊村对友人妻子说："我在这里还有个认识的人，现在过去见一下。"友人妻子听罢，赶紧说："别这样，进屋坐着，等等我那口子吧。"

伊村反复保证说一定会回来见友人,又问了信封上笠冈家的地址怎么走。

"你在那种地方有认识的人?"友人妻子用疑虑的眼神看了看伊村。这让伊村察觉她话里有话,但刻意没打听"那种地方"到底是什么地方。

离开友人家的店铺,伊村朝笠冈家走去。这个城镇很小,一下子就可以横穿。伊村来到全是农田的小路上,再往前走就是一大片松林。透过树木间隙,能看到蓝色的大海。走到这里,已经感到冷风袭来。天空中的光被云层切割开,下方的松林一角可以看到只露出屋顶的小村庄。

伊村沿着狭窄的小路上朝村庄走去,心里有一种莫名的充实感。这是在友人家里未曾有过的感受。他这才发现自己来U町其实就是为了见笠冈重辅,来见老友反倒成了借口。

伊村开始思考当时被那封信弄得那么被动、现在却如此想见到那个让人不愉快的人究竟是怎样一种奇妙的心理。他依然对笠冈重辅所谓素材里提到的履历毫不关心,也不觉得笠冈那样的人有什么人格魅力。相反,伊村觉得见到他之后说不定会觉得更不愉快,更让人生气。但即便如此,伊村还是忍不住想见他。这是一种不合理的情感。不过，伊村以前就有这种怪癖，越是不合乎道理的事，他越是来劲儿。

小村庄里的房子都是用木板搭建的简易房，大部分的屋顶只是铁皮而已。屋顶破损的部分因为风吹而发出声响。空气中有潮水的味道，循味望去，大海就在近处。伊村想到友人妻子刚才听到这地方时的微妙眼神，终于明白了其中的缘由。这里是连U町这种小地方的人都看不上的贫民窟。

走过两三间小屋，伊村终于找到了笠冈重辅的家。即使在那片小破屋中，笠冈的家也显得特别矮小，位于贫穷村庄的深处。这儿根本称不上是一个家，只是一间小破屋，没有门帘，只有墙板。低矮的门口处挂着写有"笠冈重辅"的牌子，四个字写得歪歪扭扭，大小不一。

门关着。所谓的玻璃窗上，只能看到四五块碎玻璃的残渣留在窗架上，其余部分则用木板挡着，而那几块碎玻璃还是用脏兮兮的面粉袋贴连起来的。

伊村绕着屋子走了一圈，想看看那个小女孩有没有在附近玩耍，但没找到。他无奈只能在屋外朝里面唤了几声。连着叫了五六声，终于有人半开了门，三天前见过的那个女孩探出脑袋。伊村对女孩露出微笑，女孩用圆圆的眼睛确认伊村是谁，完全没笑容地跑回里屋，一点儿都没有孩子应有的可爱感。

伊村又在屋外站了一会儿，一个满脸胡须的男人出现在门口。

"哟！您是伊村先生啊？"男人用粗哑的声音说，"快请进。抱歉，我们家像个牛棚。"

伊村有些担心地走进屋内。一进入屋内，他就后悔了，觉得自己今天不该来这儿。并非因为这破屋子家徒四壁，而是在他见到笠冈重辅的一瞬间，之前蓄在心里的那股劲头好像被拔了塞子的水缸似的，一泄而空。这也是伊村的一个坏毛病，他总是很起劲地想见某人，但在见到对方的一瞬间又会突然失去兴致。

笠冈重辅穿着又脏又破、裂了口子的工作服。伊村猜想这就是他前几天拿去典当的外套，也难怪只能换半价儿童车票。笠冈有一张瘦长的脸，皮肤上都是黝黑的污垢，脸颊到下颚部分留着浓密且杂乱的胡须，只有眼睛炯炯有神。他粗糙的头发已经留了很长，脸上的皱纹又多又深，看起来四十五六岁的模样，眼窝深陷，有很重的黑眼圈。

"在下笠冈重辅。"

他坐在火炉边低头对伊村说话时肩膀抖动，灰尘蓬起。所谓的火炉其实只是两个烧得通红的煤球。屋里的榻榻米已经破烂不堪，很多地方都用纸贴补过。家里没有壁橱，破旧的薄被子堆在屋内的角落，还有一张一条腿已经快断掉的旧书桌，上面凌乱地放着两三本笔记本。这是屋子里的全部家当，别无长物。伊村扫了一眼这屋子，有一股不寒而栗之感。

笠冈重辅盘腿而坐，对站在墙角的女儿说道："佳子，天冷，过来这边烤烤火。"小女孩看着伊村，全无笑意地来到父亲身边坐下，身上仍穿着那天去伊村的旅馆时穿的衣服。女孩似乎只有这一件衣服。

"您家只有一个孩子吗？"伊村看着小女孩缺乏营养的惨白皮肤问。

"是的，只有这一个。本来还有个小的，已经死了。"

笠冈重辅看了小女孩一眼回答说。刚才还非常锐利的眼神，在这一刻显得有些迟滞。但他没有为三天前伊村给他钱的事而道谢一句，也没让孩子说谢谢。伊村猜笠冈是嫌弃自己给得少了。此刻笠冈的脸上丝毫没有之前那封信中恳切拜托的样子。

伊村拿出半路上买的小点心。女孩眼前一亮，一下子来了精神。

"让您费心了。"这算是笠冈重辅第一次对伊村开口道谢，而且只是为眼前的这包小点心道谢。小女孩自顾撕开包装，打开里面的盒子，一边抬眼看着父亲一边开始吃。

伊村没话找话地说："您信上说，您在为杂志写稿？"

这是笠冈强卖给伊村的素材里提到的内容，笠冈对此避重就轻地回答说："A杂志当时花三万日元买了在下的稿子，因为内容真的很好。之后我也为X杂志写过稿子，结果大受好评。"笠昂重辅列举出三四本杂志的名字，其中有如今已经倒闭的右翼综合杂志。他说"大受好评"的时候，那张厚嘴唇的嘴角挂着得意的微笑。

四

笠冈重辅原本阴郁的表情因为那一抹得意的微笑而在一瞬间显得没那么僵硬。从伊村进门起，笠冈就一直戒心重重，此刻却意外地暴露出其弱点。伊村见状，稍稍有些安心。

笠冈重辅一边用火钳拨弄煤球，一边喃喃地说火不够旺。

伊村知道笠冈是在提防自己。

然而，笠冈抬头问的却是完全不同的问题："你来这里的一路上，有没有向谁打听过该怎么走？"

伊村说:"问过两三次。一开始是在镇子上,进村后又问过几个人。"

笠冈压低声音接着问:"没人跟踪你吧?比如说警察之类的?"

伊村说自己没在意。

笠冈点了两次头,双手抱臂。

"警察会盯梢来这个家里的人,他们到现在还在监视在下。"

"为什么?"

"因为在下知道警察的内幕。"

他揭露真相似的,这般说道,眼白较多的眼珠聚焦在一点,逞强似的撑着单眼皮。在之后的措辞中,笠冈将"在下"变成了"我",昂然地抬了抬肩膀。

"他们担心秘密泄露。"笠冈说,"这就是警察一贯的做法。我的存在让他们觉得很不安。无论去到哪里,都会遭到他们的白眼。职业介绍所也说没工作给我。"

"你给我的那封信里确实也写到这些事。"

伊村说完,发现笠冈的眼神有些游离,似乎他现在想说的并非信中所写那些素材,而是另有故事。

"警察管那么多?"伊村问道。

"他们总是变着法子百般阻挠我。"笠冈的语气变得很自大。

"但你毕竟曾经作为警察赌上生命地工作过吧？按理说他们应该至少会对你尽点仁义。"

"警察哪有什么仁义？"笠冈说，"你也知道最近审判出了问题的××事件吧？那个D也真是可怜，他是个牺牲品。他们把D推出来当替罪羔羊，然后甩手不管。过河拆桥，卸磨杀驴。警察就是这种东西。"

伊村对笠冈说的事情隐约有所察觉："所以你也和D一样？被利用完，警察觉得你没用了，所以……"

笠冈重辅又一次没有立刻回答，眼睛瞥向一边。伊村观察到笠冈的脸上带着一丝狡黠的表情。他觉得笠冈肯定在想：再继续说下去，自己就亏了。

"差不多就是你想的那样吧。我迟早会全都详细地写出来。"

笠冈说完，故意拍了拍膝盖上的灰，然后把头转向一边的小女孩。

"差不多了哦，记得要给阿姨留一些。"

眼神则在确认还剩下几块小点心。孩子听完，默默地看父亲的脸，把点心盒放在一边，没有不高兴，更没有笑意。

伊村觉得既然对方不想说，自己就没必要勉强问。

其实他也没想听，但刚才笠冈说的"阿姨"让他有些在意。从刚才到现在，屋子里只有父女两人，而从之前那封信里又可以看出，笠冈应该和妻子已经分开。但刚才那句话又透露出应该还有一个女人住在这里。

"您现在有伴侣吗？"

伊村从口袋里拿出香烟。取出一支后，意识到不能自己一个人抽，于是把烟盒递到笠冈面前。笠冈一言不发地立刻夺过香烟，点火抽了起来，而且是那种一大口接着一大口、如饥似渴的抽法。接着，他像叹气般长长地吐出一口烟，一点都不客气地说："好久没抽了，味道真好。"

笠冈这句话依然算不上是对伊村所提问题的回答，但伊村并没有感到不悦。伊村朝用来糊墙的报纸看了一眼，看见墙上的小洞里也塞着报纸团，他这才发现这间屋子严重漏风，难怪自己脊背上一阵阵发冷。

"太穷了，连吃的米都要发愁，根本没法静下心来好好写作。"

笠冈重辅一边抽烟一边说。听到他煞有介事地说着"写作""写作"，伊村觉得有点儿烦。他已经看过笠冈写的文章，知道他只是那种水平。

伊村沉默不语的时候，笠冈突然开口说："我妹妹每天都出去打短工，只有早晚会回来这儿。"

笠冈终于回答了伊村之前的那个问题。"是吗？"伊村说，"有个妹妹挺好的。"

"女人出去能赚什么钱？所以我心里急啊，想尽快完成作品。但就是写不好，明明素材那么好。"

笠冈说这话的时候看了一眼伊村，眼神与之前的稍有不同。伊村觉得他正在打什么主意。他猜笠冈其实想说：你要是现在拿钱出来，我就马上告诉你那些"密事"。刚才伊村有些"进攻"地主动问他时，他选择了"退守"；而现在伊村摆出一副无所谓的表情时，他又开始投怀送抱似的试探伊村的意思。看穿笠冈这套把戏的伊村故意摆出一副没兴趣的样子，压根不问素材的事，而是问："令妹今年多大了？"

"我妹和我没差太多。你觉得我几岁？"

笠冈依然是兜圈子式的回答。伊村对他这种总是迂回绕圈的回答方式很不喜欢，但不得不重新看了看他这张满脸胡子、抽到烟屁股还舍不得扔继续猛吸的脸。

"是属猪吧？"

属猪的今年应该四十六岁。

笠冈淡然一笑："我是大正十二年[①]生的，今年三十四岁。"

伊村大吃一惊，再次看了看笠冈的脸。伊村自认不太擅长看脸猜年龄，但笠冈的眼角和鼻翼两侧深深的皱纹，以及凹陷似的脸，怎么看都是四十五六岁的样子。

"大家都和您一样，没人能猜到我的真实年龄。"笠冈重辅说，"我妹今年二十七岁，这孩子九岁，是我当警察第二年的时候出生的。"

伊村又看了看那个小女孩，她似乎并不觉得听大人讲话无聊，双手放在火炉边烤火，完全没有给人以孩子的感觉，甚至让伊村有一种错觉，仿佛是位老太太正坐在一旁听他们闲聊。

伊村渐渐觉得，比实际年龄老了十几岁的笠冈重辅的这张脸的背后，是他曾经经历过的那些秘密生活。也许这个男人曾经有着更为阳光的面容，如今之所以黯淡无光，尽显阴郁，全都怪他曾经从事过的那些见不得光的工作。

"十年前当警察的话，那是在昭和二十二年[②]？"伊

---

① 指1923年。

② 指1947年。

村看着笠冈脸上的皱纹说。

"是的。我曾在 H 警署当警察,上头似乎觉得我挺能干,第二年,就安排我去做卧底。我因此辞去了警察的工作。"笠冈从烟盒里又抽出一支烟。

"辞职了?"

"表面上而已。不然的话,被对方调查起来会暴露身份。只有县级警备部长知道我的真实身份,我们是单线联系,没有其他人知道。"

笠冈重辅自从有了烟抽,似乎变得乐于开口,开始向伊村娓娓道来。

五

"要打入内部很不容易吧?"伊村问。

"也不是。很容易混进去了。"笠冈在烟雾缭绕中眯起一只眼睛,颇为得意地说道,"很容易就当了干部。"

伊村想到了他写的素材里提到的"地区委员长"和"地区评议委员"之类的字眼。

"因为其他人都没什么脑子,毕竟是在乡下。"笠冈很倨傲地说道,俨然一副唯我独尊的口气。"没人发现你的真实身份吗?"

"没有,一切都很顺利,哪有那么容易暴露啊?而且因为都是单线联系,所以更没什么人怀疑我。只是偶尔会去县级警备部长那里报告,只要那时候当心就行。"

"没有其他联系人的话,会不会感到不安?"

"肯定是有不安的,毕竟是弄不好就掉脑袋的事。而且一旦发生危险,警备部长肯定只会自保,不会管我的死活。这么说起来,像我这样的人就像一个孤独的点,这样的点其实应该有很多,但彼此都不知道对方的存在。这次报上登出来的D,我觉得其实也是其中一个点。"

伊村的眼前似乎看到了那些浮游的点,同时联想到好像在显微镜下看到那些点,仿佛被染了色的真菌类生物,在亿万个组织粒子之中颤抖、孤独地游动着。

"那种工作随时有可能掉脑袋吧?你觉得有趣?"

"倒不能说无趣。"笠冈立刻回答,"除了杀人,什么都做。我的工作就是接受指令,提供情报,为此需要做很多事,比如——"

说到这里,笠冈突然朝伊村的脸瞥了一眼。笠冈的眼神中流露出迟疑的神色,似乎后悔一时兴起吐露了太多。伊村猜测笠冈之后要说的内容一定是打算用来换钱的所谓内幕。

说了"比如——"之后,笠冈必须找话茬接下去。

只见他再次拍了拍膝盖上的灰,朝火炉看去:"火快灭了,好冷啊。"

他对一旁哑巴似的小女孩说:"佳子,你出去找些能烧火的东西回来。"

女孩立刻站起身,脚趾头已经冻得通红。这孩子似乎很听她父亲的使唤,让她做什么都去做。

"总之,"笠冈接着说,"当年我为了获取情报做过很多事,甚至还配有邮局信箱的备用钥匙。其实全都是欺诈和盗窃之类的,您大概能猜到吧?"

笠冈的言辞里依然遮遮掩掩,故意吊胃口。但听着他的这句话,再看看他眼前这副贫苦模样,一下子就让人产生了真实感,同时浮想联翩。在伊村展开的想象之中,似乎能看到仿佛在蠕动的笠冈重辅的身影。

"单枪匹马地去获取情报,其实很困难吧?"伊村说。"不一定是单枪匹马。"笠冈回答。

"但你刚才不是说都是单线联系吗?"

"我是潜入之后再找联系人。"

说这话的时候,他突然有些失态:"其实就是找女人。女人最容易下手,很容易为我所用。"

"也就是说,"伊村咽了口唾沫,"女人在知道你真实身份的情况下协助你获取情报?"

"一开始不知道，是在过程中渐渐发现端倪，然后我悄悄地告诉了她。但那时候她已经离不开我了，身体给了我之后，整个人就是我的了。"

笠冈重辅的厚嘴唇上露出一抹猥琐的笑容。伊村以为笠冈肯定在想：欲知详情，请花钱购买，不可能没好处地白白说出来。

没想到笠冈继续说道："所以我也得意忘形地放松了警惕。之后那女人开始给我一些有问题的情报，当时我虽然觉得可疑，但没多想，直接汇报给了上头。等我去见联系人的时候，部长把我劈头盖脸地骂了一通，因为我提供的情报里有些是假的。我马上意识到是那女人背叛了我。她本人估计是本着所谓自我批判的觉悟而给了我假情报吧？然后她突然消失了。后来我才知道她自杀了。"

伊村不由得看了笠冈一眼，却发现他的眼中毫无感伤，反而有一种虚张声势的骄傲。

"因为这件事，他们对我开始重点关注起来，而我自己也开始小心翼翼起来，结果就搜集不到什么有价值的情报了。而我担心上头会对我越来越不信任，急功近利地想要证明自己的能力，就选择了捏造情报汇报上去。总之，我当时是靠情报换钱，没钱就什么都做不了。"

"你从警署辞职后就没收入了吧?"

"不是的,其实有酬劳寄到家里,辞职只是在表面上的,发工资的名单里仍有我的名字。这就是机关的套路。"

"原来如此,机关里总有单独的机密支出项目。你当时赚了不少钱吧?"

"其实只有一点点,根本算不上什么钱。"笠冈说这话的时候稍稍加重了语气。

"但我当时真的需要钱。虽然报上去的情报里有一半是假的,但在相当长的一段时间内都没被发现。"

笠冈笑着说。

伊村听完,觉得笠冈似乎有着双重人格。他反复声称自己需要钱,但究竟为何需要钱?从他的口吻中,伊村猜想当时他是把钱花在女人身上了。

"最后你真的辞去了警察的工作吗?"

伊村本来想说的是"被辞退",但临时换了个说法。

"干不下去了。"

笠冈吐出这一句。

"当时我的口碑已经变得不太好了,所以我心想一定要赶在被辞退前自己先开口。于是我主动提出不做卧底。结果警备部长那家伙说我已经没用了,还让我赶紧辞职。因为之前在形式上已经是辞职状态，所以我主动提出不干反而顺了他的意。他们也丝毫没给安顿善后事宜，反倒好像是我做了见不得人的事。"

说到这里，笠冈重辅的眼里充满怒火："我为他们卖命，结果却落得这样一个下场。我就是个傻子。所以你看看，我现在老成这副模样。就像您刚才猜的那样，我看上去比实际年龄足足老了十岁。我原来不是这样的，就是因为做了 S，所以老成这样。您能想象从事那种工作有多辛苦吗？"

笠冈骂骂咧咧地说着。

"所以我诅咒警察。我一定要把这些都写出来，把他们都曝光。警察也知道我的打算，他们都怕我。"

六

后门响起小女孩的脚步声。伊村闻声看去，看到一处好像厨房模样的破地方。从自己坐的地方可以透过破洞看到屋外的小女孩，她正一个人拖着一只装橘子的空木箱。

伊村见那只箱子是簇新的，知道那肯定不是别人扔掉的东西。他心里咯噔一下，直觉告诉自己：那孩子并不知道她的行为其实是在偷窃，她只是习以为常。

"好样的，这东西管用。"

做父亲的笠冈站起身表扬她，然后拆掉钉子，把木箱拆成木片。那麻利的手脚就好像在说：趁着没人来找箱子，赶紧处理掉。火炉中添进新的木片后，笠冈将手放在上面烤火取暖。女孩好像刚才只是出去玩了一圈，此刻也回到屋内，双手放在火炉边取暖，依然无法给人孩子的感觉。伊村知道，她肯定没去学校上学。

"这下终于暖和了。今天特别冷。"

笠冈望着燃起的火焰，心满意足地说着。这个家里完全没有木炭。笠冈看着伊村的脸，继续之前的话题说道："所以我真的很憎恨警察的做法，我要向人民控诉警察的恶行。所幸因为××事件，一部分世人知道了D的事情，但那只是冰山一角。警察的阴谋其实更为毒辣。在下一定要把这些都写出来，揭露他们的假面。"

这段话中，笠冈的口气很不好。而让伊村在意的是，笠冈突然开始说话客气起来，措辞中的"我"也突然变回刚才的"在下"。伊村感到笠冈似乎正跪着朝自己爬来。

"但就是没法好好动笔。所以，三天前不是给您提供素材了吗？"

自伊村来到笠冈家后,这是笠冈第一次提起这件事。听到他煞有介事地说出"提供"这个词,伊村有些难以置信地看着笠冈。拿那种写在破烂稿纸上的铅笔字强买强卖,居然好意思说是"提供"。笠冈依然没有为那区区一千五百日元而向伊村道谢。

"那些素材只是笔记,其实有很多想写的内容,但就是写不出。不管有没有钱,写不出就是写不出。住在这种破地方,怎么可能写得出?其实这些材料,好多杂志社都抢着要。"

伊村知道这是笠冈的一种套路,故意讲得好像自己的所谓素材很抢手,其中还夹杂着巧妙的文学表述,说什么杂志社都抢着要,其实就是看准了伊村的职业需求。这是一种露骨的兜售。

伊村很窝火,想对笠冈说:可别当我是傻子,如果真是抢手的素材,有本事你自己写呀。他估计笠冈只在一开始成功卖给过两三家杂志,后面就没什么戏了。他觉得根本不用看那些干巴巴的内容和拙劣的文笔就能知道。

伊村继续默默地抽烟,但又意识到自己的举动看起来反而像是一种虚张声势。他原本想好了一毛钱都不拿出来,但人都已经来了,很难守住钱包。他有一种"人为刀俎，我为鱼肉"的感觉。笠冈重辅施加给伊村一种"待在他家里就成了俘虏"般的压迫感。

伊村内心开始焦躁起来，终于决定留下一点儿钱再走。但觉得五千日元太多，想着减少到两三千日元，毕竟是白白给他的。其实从来到笠冈家的那一刻起，伊村已经输了。

决定给钱后，伊村的些许不安得以释怀。然而，他没打算就那么顺着笠冈的意思乖乖地把钱掏出来，于是故意对他刚才说的"太穷苦，所以写不出来"之类的话摆出一副不以为然的表情。

"您有妻子吗？"

伊村突然改变话题。

笠冈重辅被突然打断话题，露出失望的表情。

他看了一眼旁边的小女孩说："老婆？已经分开了。"

"那挺不方便的吧？"

"哼！没那种女人才好过呢。"他喷着唾沫说道。

"什么时候分开的？"

"五年前。"

五年前正是笠冈重辅开始做 S 的时候。

"正好是三岁的老幺死去的那年。实在看不下去了，就分开了。"

伊村觉得是笠冈妻子看不惯他日益荒糜的生活才离开的，但笠冈却说成是他对妻子"看不下去"。

"孩子会想妈妈吧？"

"再想也不会让那种自行跑掉的女人见孩子。"笠冈吐露实情，"当时老幺死在医院里，她来医院求我让她看一眼孩子。我把她一把推开，结果她当然没看到孩子。我是一边喝着酒一边看着孩子死去的。真的很难受，不喝酒根本没法眼睁睁地看着那孩子走。才三岁的娃儿呀，已经会开口说自己难受了。我故意没联系他妈妈。据说孩子死的那晚，她在医院外徘徊了一个晚上。"

小女孩坐在一旁，依旧是那张没有表情的脸，手继续放在火炉边取暖，除了会时不时地抬眼看她父亲，完全没有其他动作。

伊村听到这里，有些心寒。"这个孩子也会想妈妈吧？"

"说什么都没用。"笠冈重辅咬牙切齿地说，"没人比那女人更可恨了。这孩子也懂我的心思，从来不会说想见妈妈之类的话。还好有我妹妹帮着照顾。"

笠冈说着，瞥了小女孩一眼。伊村不确定是不是自己的错觉，他觉得笠冈看小女孩的时候有一种讨好的眼神。这孩子很讨父亲喜欢，典当物品之类的事情应该也全都是交给这孩子去做的。完全看不出只有九岁，内心似乎非常坚强。

伊村最后拿出三千日元。

"哎哟，真是不好意思，我是真的穷，就不客气地收下了哦。以后一定会报答您的大恩大德。"笠冈重辅双手放在榻榻米上，向伊村道谢，然后将钱塞进脏兮兮的上衣口袋。伊村想象着笠冈今晚会用其中的一半拿去喝酒。

"我一写出来就给您寄去，下次不收您钱。"

笠冈重辅将伊村送到门口的时候这样说，似乎在暗示今天收的算作定金。

"不用了，我对那种题材没什么兴趣。"

伊村语气强硬地拒绝道。他本想找这么个理由作为台阶给笠冈下，却发现笠冈一脸满不在乎。看来就算伊村不拒绝，笠冈本来也没打算寄什么稿子。

屋外寒风凛冽，村子里的那些铁皮屋顶被吹得"嘎哒"作响。

外面没什么人，只有浓重的潮水味。从松林间，可以看见大海正在掀起巨大的风浪。

伊村沿着小路朝城镇方向走去。路上看到一个女人，头上戴着的白汗巾下垂着，遮住脸部，身上穿着全是补丁的碎白点窄袖和服，腰上扎着一根绳子，裤口是一双长筒雨鞋，手里提着一只便当盒，一看就是做苦力打短工回来的模样。脸部因为被汗巾遮着，看不清长相。她透过汗巾的缝隙朝伊村瞥了一眼，立刻走得远远的。伊村觉得这个女人就是笠冈的妹妹，驻足目送女人离开。女人没有回头，拖着沉重的脚步消失在松林间的村落里。

伊村回到东京后没过多久，就收到了U町友人寄来的信。事实上，那天伊村回去之后并没有再去友人家。他有些抱歉地把信打开。

果然，友人写的正是伊村猜到的事——

"听我老婆说你去了××村？你怎么会去那种地方？你知道吗，你走后过了两天，警察就来了，问了很多关于你的事。他们知道你从我家离开后去了笠冈重辅那里。他在此地是万人嫌。虽说之前曾是警察，警察现在仍在监视着他呢。如果仅此而已倒也算了，但笠冈那家伙真的很可恶，经常声称借东西，最后就不还了。毕竟是只值那么点儿价钱的东西，而且他一开始还会付一半的钱，所以店家不好意思拒绝，就让他把东西拿走了，但结果是肉包子打狗。那家伙每次一进店里就让人觉得阴气森森，后背发凉。他还常常使唤女儿，那孩子也没个孩子样。一开始大家还挺同情他们，但现在没人再上他的当了。他是出了名的骗子，说什么不得不辞去警察的工作，其实还不是因为自己干的那些见不得人的勾当败露的缘故？为了钱，欺诈、偷盗之类的什么都做。对了，他每去一家店，店里都会丢东西。我家的店也被他偷过好几次。他还嗜酒如命，而且一喝酒就会发酒疯，谁都拿他没办法。大家对他一半是恨，一半是怕。还有他那张阴暗无比的脸，想想就恶心。当然，你的职业是写作，必定要接触很多人，但你是怎么知道笠冈重辅这种人的？实在让人费解……"

伊村看完信，眼前仿佛又一次浮现笠冈重辅的模样。明明只有三十多岁却老得似乎快五十岁的那张脸，难以言表、像被刀子削过、阴气十足的脸，还有他那双闪着狡黠目光的眼睛。一定是他所从事过的工作让那张原本普普通通的脸变成了现在这副模样。被猜疑与狡猾侵蚀掉的不只是他的肉体。"除了杀人，什么都做。"——生活扭曲始于此，并最终让他的个性完全垮掉。

"他是出了名的骗子……"伊村的目光落在这行字上，开始思考笠冈重辅对他说的那些话、给他看的那些笔记里究竟有多少是真的。然而，伊村觉得，即使以他的扭曲派生出谎言，就算他说出的话里带着虚伪，也依然能从中解读出某种真实的存在。

伊村把信收起来，遥想着谁都不以为然的、孤独的一个点。

这时，他似乎又一次闻到了当时夹杂在寒风中的潮水味。

潜在光景

一

　　我与小矶泰子时隔二十年再次相遇，是在回家的公交车上。

　　我家住在非常乡僻的市郊，到市中心需要先坐三十分钟的国营电车，再换乘二十分钟的私营地铁，然后坐三十分钟的公交车才能到达。这一带七八年前还是麦田，现在已经完全变成住宅区，两年前开通公交线路。

　　这天，我下班回家。差不多七点左右，我拉着车上的扶手站在车厢里。坐在我近旁的一个三十四五岁的女人不停地朝我看，然后不由得吃惊地叫了起来："啊，你是浜岛吧？"女人穿着一条整洁的连衣裙，手里拿着一只小包。当时是初夏时节。

　　她自报姓氏，但我并没有马上反应过来她是谁。她一脸亲切地朝我笑。她的眼神终于让我的记忆复苏。

　　她的眼睑像浮肿了一般有点儿厚，我记得这对浮肿的眼睑。"啊，你是泰子吧？"我也意外地大叫起来。

"是我呀，你终于想起来了。"她依然带着笑。

"终于！"我说的"终于"这个词里其实别有他意。也许是因为上了年纪，现在的她与记忆中的她变化很大。毕竟是二十年前了，她那时瘦弱的身形现在已经荡然无存，出现在我眼前的是一个身材微胖、脸上有了不少细纹的中年女人。

"是吧？"女人有些害羞地笑着说，"我已经是大妈了。"她一笑，眼角的皱纹更加明显。

"也不是。不过确实和那时候不一样了，感觉好像胖了些。"

她原本是长脸，现在却接近正圆；原本身材纤细，现在变得颇壮硕。

"真巧啊。"我说。

"可不是嘛，没想到居然在这里遇见。你一直坐这班公交车吗？"

"是啊，薪水太少，一直都是坐这班公交车到京桥。"

"是吗？真不可思议，我也一直坐这班车的。怎么之前从没见过你？"

我顺便观察了一下她的打扮：手里的包是女式的；坐这班车说明她也许就住在附近，现在应该是下班回家。

"你住这附近？"我问她。"是的，我在××下车。"

××是我要下车的前一站。

"太巧了，我就在你后面那一站下车。"

"哟！"她再次做出吃惊的表情，瞪大那双标志性的浮肿的眼。

"你什么时候开始住在这里？"

"大概五六年前。"

"我是七年前搬过来的。真奇怪，居然之前一直没遇见过。"

"是啊。"

我们互相看了对方一会儿。

就在这一瞬间，她和我都想起了二十年前的事。二十年前，刚好是日本陷入那场毁灭性战争之际。

泰子和她父母住在我家前面，那时候我住在品川附近。

泰子一家在那里住了差不多两年。她父亲是公司职员，因为调动工作，全家都跟着搬了过来。两年后又搬去了其他地方。那时候泰子十四五岁，是女子学校二三年级的学生。

我和泰子常常遇到，但并不是太熟。她父亲是工作狂，看起来很严肃。泰子家和我们家只是普通的邻里关系，没什么特别的往来。

造成我和泰子不熟的原因其实还有其他。那时候我十六岁,穿着水手服款式女生校服的她,对我来说有一种耀目之感。我至今仍记得那时候每次远远地看到她,我都会偷偷摸摸地躲起来。所以每次为了看她,我都要跑去二楼,小心地稍微打开面朝马路的窗户,专心地观察她。

那时候,她那双浮肿的眼睛对我来说非常具有个性美。

如今在公交车上重遇,能如此亲切地交谈,是因为我们都变成了大人。让我有些意外的是,她的表情似乎有些害羞。

"你妈妈还好吗?"她问我。"已经过世了。"

"啊,什么时候?"

"十四五年前。"

"是吗?我记得她当年看起来身体很好。你挺难过吧。"

我理所当然地以为她已经嫁为人妇,但没有问起她这事儿,只问了她父母的事。她回答说父母都过世了。我的脑海里浮现出她父亲那张严肃的脸。

"我到了,再见。"她那双非常有特征的眼睛带着笑意与我道别,"我家就在附近,下次再遇见的话,有空去坐坐吧。"她着急地说完,拨开其他乘客走向车门。

她下车后,我在车上朝下看去,发现她也正朝我所在的窗口看来,还微微鞠躬致意。

二十年前的邻家少女在我的心里掀起了小小涟漪。我回到家,告诉妻子见到一个多年没见的老朋友。

"哦。"妻子表示没什么兴趣。

后来回想起来,这样反而更好。我当时也没想到后来竟有那样的发展。

二

一周后,我第二次在公交车上遇见她。

"见过一次之后,好像就更容易遇见了呢。"她笑着说。上次的交谈让我们之间没了生分和客套。我觉得一方面是因为我俩都一把年纪了,另一方面则是因为自以为她已是人妇。

"我家很近,就在那边,去坐坐吧?"

当时,她主动邀请我。我想也就一站路,估计过会儿可以走路回去,就跟着她一起下了车。当然,我对她是有兴趣的,而且并非没有其他念头。

她说"很近",但还是走了十多分钟。离开主干道之后，我们走了一段田间小路。路的尽头处亮着住宅区的灯光。

"会不会打扰你？"我这么问是想到了她的先生。但转念一想，既然她主动邀请我去她家，也有可能是一个人生活，不妨试探一下。

"完全不会……家里没别人。"她似乎猜到我的意思。

但"家里没别人"既可能是丈夫正好外出，也可能是她还属单身。我一时间没能判断清楚。

"孩子呢？"我问。

"有个六岁的儿子。"她回答得很干脆。

"那很好。"我这么说的时候想当然地以为她是已婚状态。"还挺远的嘛。"我在昏暗的道路上说。走在一旁的她，腋下夹着一只黑色小包。我知道她应该有工作，但不知道具体做什么。

"第一次来的人都这么说，习惯了就不觉得了。"她解释道。

"这里晚上很暗吧？太晚的话，你老公会来接你吧？"我继续试探道。

"我没有老公。"她似乎看穿我的心思，笑着回答说。"怎么回事？"

"死了。"

我觉得内心被轻轻揍了一拳。一方面有些放心，另一方面却感到一种危险。

"是吗……什么时候的事？"

"四年前。"

"是吗？那肯定很辛苦吧？"我敷衍了几句。

"是啊，我老公活着的时候没觉得。他死了之后，我才发现一个女人独力赚钱养家真的很辛苦。"

"不介意的话，能告诉我你现在做什么吗？"

"保险收款员。"她理直气壮地说。这让我猜到了她那只黑色小包里的东西。

"你呢？"她把话题转到我身上。

"普通的公司职员。"

"挺好。有孩子吗？"

"没有。"

"没孩子会寂寞吗？结婚多久了？"

"快四年了。越来越没劲。"

"瞧你说的。你太太真幸福，不像我，死了老公，好多难事。"

这样一来，我知道了她的大致情况。

进入另一个区的地界后，她朝我微微点头说："你等我一会儿。"然后走进了一家店。我站在店外看到她买了牛肉和大葱，分量不多。

"这时候去你家会给你添麻烦吧？"我和她并肩继续往前走。

"完全没有。我就是一家之主，邀请谁去家里，不用经过别人的同意。"

她把我带到家门口。这是一个很小、很旧的家。

"请进。"她打开没有上锁的大门，"里面很乱，我马上收拾一下。"

她让我在外面稍等一会儿，没过多久就让我进去。她家是简易房改造的廉价屋，有两个房间，分别是六张榻榻米和四张榻榻米大小。收拾得很干净，一眼看去就知道她很爱干净。虽然穷，但很注意收拾整理。

"小健，小健！"她朝里屋喊道。我听到一个孩子的声音。接着，我面前出现了一个大脑袋的男孩。

"快叫叔叔。"她对孩子说。男孩朝我看了又看，呆呆地站在原地。孩子大概没想到母亲会带一个男人回来，初次见面，我觉得这男孩眼神里完全没有想和我亲近的意思。

"你在干吗？快叫人呀。"

孩子这才屈服，对我说了声："您好。"

"真懂事！"我夸奖他，"几岁了？"虽然她之前跟我说过小孩几岁,但我是为了套近乎而问他。

男孩没有立刻回答,而是跑到纸门边上,将半个身体藏在门后。

"快点儿好好回答叔叔的问题。"泰子回头训孩子。"你几岁了呀,小健?"

虽然被母亲训,但男孩依然没有开口,直到被骂了第三次,才无可奈何地回答道:"六岁。"

"这孩子现在是我唯一的依靠。"名叫健一的孩子出去玩之后,她为我端上茶水说,"因为是单亲,所以尽量不宠他。但靠我一个女人还是不行,他越来越不听我的话。"她叹气道。

"这个年龄的小孩都这样,再大些就好了。家家都一样。"

那天晚上在她家,她请我吃了牛肉火锅。她在回家路上特地去买牛肉,就是为了招待我。

我觉得在她家逗留太久不妥,所以一个多小时后起身离开。

"像这样再次成为近邻,真是缘分。有空一定再来啊。"她送我走的时候说。

我妻子不是温柔的女人。也许是因为没有孩子,家里一直感觉很冷清。像这样来泰子家虽然只是小坐片刻，却让我感到她身上有着我妻子所没有的温柔体贴。虽然她的家很小、很穷，但因为她温柔贤惠，让那个小家显得既干净又整洁。

最初与泰子重逢的时候，我只觉得她是与年轻时判若两人的中年妇女。但第二次见面时，在我眼里，泰子那张脸上依然有着二十年前少女的影子，让我印象非常深刻。

我没对妻子说在泰子家吃饭的事。在我的内心涌动着一种近似欢愉的感觉，也许是一种小小的刺激，让我从此在公司和家之间两点一线的单调循环中暂时脱身，得到了救赎。

三

我去泰子家的次数渐渐增多。

她从事保险收款工作，也推销保险，这可以让她增加收入。我向朋友推荐她的保险，好几个都买了她们公司的寿险。

因为有了这些帮衬，我和泰子之间的关系迅速升温。我一下班就故意在街上瞎转悠，然后算好时间去她家里。她也非常期待我的到来，每次都特地准备丰盛的晚饭。

我对公司的工作早已厌倦,对妻子也有诸多不满,人生正处于所谓的倦怠期。泰子的温柔体贴让我感到如鱼得水,主动地想要更加亲近。

两个月后,就在那条田间小路上,我第一次占有了她的双唇。那条路很昏暗,没什么路人。虽然在此之前我们已经牵过手,但那个吻让我意犹未尽,想要更多。

我对她表白,说我想起了二十年前少女时代的她。她向我倾诉自己短暂却不幸的婚姻生活。

我向她要求更进一步,她却始终守住最后的防线,哭着说只有这件事不能答应我。自从我们在夏日重逢,迄今已经快三个月。

这天晚上,我热烈地吻了她,又一次提出想更进一步。我知道,她一半的防线其实已经被我突破。

"那么今晚你晚点儿过来。"在昏暗的路边,她喘息着说,然后用更轻的声音说,"十点过后,健一就睡着了。"

那个闷热的晚上,我对妻子说去朋友家下棋,九点过后离开了家,内心激动不已。

其实我并非没有预想到那之后会有怎样的后果,但一颗想要占有泰子的心让我把一切理性全都抛在了脑后。

十点左右,我站在她家门前。近邻几乎都已关门。

我刚才刻意避开晚上出来纳凉的人，兜着圈子来到她家。

我伸手一推，门开了。我悄悄地走了进去，却没看到泰子出来相迎。我拉开纸门，六张榻榻米大的那间房里挂着白色蚊帐，屋里没开灯。定睛看去，泰子和健一正睡在里面。我不知道她是真的睡着了还是假装不知道我进屋，总之，她完全没有动。

虽然没开灯，但因为是夏天，防雨的木板窗没有完全关死，所以屋外淡淡的光线透了进来。

我钻进蚊帐，趴在泰子身边。她的睡姿依然没有改变。她的脸在夏夜苍白的淡淡光线中像纸一样白，闭着眼的眼睑依旧浮肿。

我轻轻地把手放在她身上，她稍微动了一下。我凑在她耳边，呼唤她的名字。

她睁开眼，我知道她没睡着。她的身体有些发抖，怔怔地看着凑在跟前的我的脸，然后轻轻吐了一口气。

"泰子。"我轻声呼唤。

她突然转头看了一眼熟睡的健一。孩子踢了被子，正歪斜地躺着，身体还在垫被上，和躯体的比例特别大的脑袋则在榻榻米上，像一块石头。

我重新将视线转回到她的脸上，静静地将自己的身体压在她身上，吮吸着她的双唇。她的反应比之前任何一次都要激烈，急促的呼吸袭向我的鼻翼。

我隔着被褥抱住她的肩膀，她双手圈住我的脖子。在这过程中，我又看了一眼孩子。那孩子的样子和位置和刚才相比没有任何变化。

我伸手将盖在她胸上的被子轻轻掀开。钻进被子后，我不由得大吃一惊。

我之前闭着眼想象过她的身体，而此刻看到她微微发抖的身上穿着一件白色长衫，不仅如此，她长衫里的内衣全都换了新的。她作好如同新婚之夜般的准备，等着我。

屋外透进来的微光让纯白的衣裳更显洁净——

自那以后，我更频繁地出入她家，她衷心地期待我的到来。她的性格比我的妻子不知好多少倍。我的妻子非常冷淡，小矶却非常温柔，对我的照顾也很周到。

她对我妻子一直抱有罪恶感。我和小矶没有约定要结婚，她从没要求我离婚。她发誓说不会再婚。

她不要求我娶她，我自己却多次地想，如果能和这样的女人结婚该有多幸福。我抱着她的时候也会忍不住把这些话说出口。然而，每次她都猛地摇头拒绝。

不仅如此，她还不肯要我一分钱。她说自己的钱够用。

保险收款员其实是一份很辛苦的工作。她那只黑色小包里装了很多卡片，每一张都是她要跑的地方。一个月要跑上百家，而每次能收来的钱只有一点点，必须两次、三次、反复地跑同一个地方。与此同时，还必须完成签约新客户的指标。

就是在这样的艰辛生活中，她对我真心地付出，只要是我喜欢吃的，再贵她都舍得买回来做好了等我吃。和之前相比，因为我的存在，她多了很多奢侈的开销。

我觉得这种状态不能一直持续下去。她平时每天很早就要出门，晚上七点左右才回来。每个月有三分之一的时间，她为了完成指标，必须工作到很晚。

我因为住得离她很近，每次都尽可能晚些去她家。一方面也顾忌健一，万一他半夜醒来会很尴尬。

健一虽然已经六岁，但可能因为一直是在单亲家庭长大的缘故，很害羞。我努力疼爱这个孩子，但他始终不听我的。每次见我和泰子亲密交谈，他总在一旁默默地盯着我们。

泰子也努力让健一与我亲近。只要我来的时候这孩子还醒着，我总会拿出很多零食给他，希望他能和我亲近些。但健一就是不"上钩"，一如既往地与我保持距离。

不过健一并不讨厌我,他只是性格如此。这孩子就算去外面玩,也不太和其他小孩一起。母亲不在家的时候,他总是一个人吃母亲做好的饭,一个人睡觉……他习惯一个人。对他来说,一个人更自在。

"健一讨厌我吗?"我曾问过泰子。

"没有。他没有爸爸,所以不知道该怎么和你相处。你那么有心,迟早会打动他。"

"希望吧。"

事实上,我对健一的存在心存芥蒂,和泰子说话、拥抱的时候都会不断地想到这个孩子。

我在深夜前往泰子家,就是故意选在健一睡着的时候。在那个家看到孩子熟睡的脸,我会有一种解脱感。

我一般会在床上和泰子待两个小时左右,将近十二点的时候回家。

我妻子一直没有发现。

四

自从去了泰子家,我突然想起了自己小时候的事。

我不知道自己的父亲长什么样。听母亲说,父亲在我三岁的时候就死了。这么说来,我确实对父亲有一段依稀的记忆，就像梦一样。我记得一大堆人待在昏暗的家中，混乱不堪。我被母亲抱在怀里带到装饰得奢华耀眼的祭坛前。那是在父亲的葬礼上。

我儿时的记忆断断续续，只有一些模糊的印象。

父亲死后，母亲一直一个人。父亲生前是小官，母亲靠他的退职金开了间杂货店，也接些缝补衣服的活儿。

这些记忆是零碎的。我的记忆中有装零食的小盒子和玻璃瓶的画面。盒子或瓶子里塞满了红色或蓝色的零食，还有各种糖果和小玩具……

我的记忆中还有母亲缝补衣服的模样。她坐在狭小的房间里动着手指，每缝五六针，她的左手拇指就会把布拉一拉，扯一扯，发出的声音有点儿像轻轻的金属声，似有似无地飞进我的耳朵。那时候，母亲还很年轻。

然而，还有另一个我忘不了的幻影与此重叠。那是一个胖胖的矮个子男人，眼睛很大，鼻子两边有深深的皱纹。

那男人一直来我家玩。其实他来玩也没什么奇怪的，因为他是我父亲的哥哥。

根据母亲后来的说明，父亲的哥哥，母亲也叫他哥哥，我叫他伯伯，这男人也是个当官的。他为人严谨认真，而且博学多才，因此亲戚们都很仰仗他。一有什么纷争,都会找他协商。

这样一个伯父,在弟弟死后看到弟媳一个人照顾幼儿,常来帮忙照顾也在情理之中。

但我很讨厌这个伯父,怎么也喜欢不起来。

伯父来到母亲的店里,就像那家店是他的一样,向近邻的孩子兜售零食。看到他那副模样,我忍不住涌起强烈的厌恶感。当时的我只有七八岁。

伯父其实对我很好。他自己有三个孩子,但他不给自己的孩子却给我买贵重的玩具。看我拿着那玩具在屋里玩,他得意地指着玩具对母亲说那是他买的,母亲高兴地笑着听他说话。这些事情我都记得。

伯父见我在外面受了欺负,立刻动真格地对那些欺负我的小孩大声训斥。我觉得很难为情,因为伯父发火的样子真的很可怕,用吹胡子瞪眼来形容一点儿都不夸张。他把那些欺负我的孩子骂散了之后再安慰我,然后把我带回家。我觉得这样让我很难堪,也对伯父的这种做法厌恶至极。

伯父为何会为了我对那些孩子那么凶?虽然我还是个孩子,但我依然隐隐觉得那种发怒的方式很不对劲。还有他带我回家、安慰我时的那股殷勤劲儿也实在没必要。

伯父喜欢钓鱼。

从我家到海边路途遥远，但他每次去钓鱼都会叫上我。这也是为了讨好我。

只有这种时候我是愿意跟他去的，因为难得见到大海，对我来说那是一种诱惑。

我不记得那是哪里的海岸。总之，在我看来是突堤一样的地方，有很多大石头，还有湛蓝大海击起的白色浪花。在那里钓鱼的不只是伯父，好几个人都拿着鱼竿坐在突堤的一端，将鱼线投进海水进行垂钓。其中也有人不顾危险，爬到突堤尖端处。

伯父垂钓的场所几乎都在尖端位置。那段记忆已经有些模糊，现在想来，那地方可能是因为暴风而崩裂的碎石，也可能是岩礁。总之，在那里垂钓，必须从高高的突堤小心翼翼地爬到下方的岩石上。

伯父不会叫我跟去那个危险的地方，因为我还是个孩子。据说在那个地方最容易钓到鱼。一去钓鱼，伯父就很来劲儿，每次都会钓到天黑。我记得当时眼巴巴地看着他周围的人渐渐变少，心里非常不安。当时我自己手里也有一根小鱼竿。

在鱼篓中跳跃的鱼、趴在岩石或堤坝上的螃蟹和海蟑螂、石头下飘着的海藻、浓烈的海水味、在水平线上冒着烟的汽船、撅着屁股默默垂钓的伯父……这些都像活人画[1]一般留在我的记忆中。

伯父一直来我家,常和母亲聊天。每次伯父来,母亲都会在厨房做好吃的,我至今仍记得母亲在厨房切菜的声音。

除了钓鱼,其他时候我都讨厌伯父。我自己都不知道为什么我会讨厌他。伯父其实对我很亲切,我受到欺负的时候他为我打抱不平,给我买很贵的玩具,对我说话也很温柔,但不知道为什么我就是讨厌他。

伯父每次都会在我家留到很晚。

我揉揉眼睛一犯困,母亲就会叫我快去睡觉。直到我年纪很大的时候,我还和母亲一起睡。

我睡着后,有时候会突然醒来,发现母亲不在身边,却听到母亲和伯父在隔壁说话的声音。

我也不记得这种时期究竟持续了多久。我对于那段时期的长度没有记忆,有时候觉得很长,有时候又觉得很短。

记忆中常常出现我和伯父一起去钓鱼的情形。那是很久以前的事了,当时伯父穿着和服,挽起袖子,用带子扎牢固定。他所站的岩石上不断有白色浪花飞溅起

---

[1] 法语:Tableau vivant,由活人扮演的静态画面。

来，其身姿所处的背景中，蓝色大海不断摇摆。

因为不止一次，所以这幅画面在我的记忆中印象非常深刻。我的记忆中还有伯父脱下木屐的情形。不对，那应该不是木屐。伯父站的地方还有一条旧绳子，那画面也常浮现在我脑海里，那根棕榈制的绳子似乎是为拴住划到那里的小船而准备的，那条长长的绳子总是在伯父的脚边，横躺在那里……

这就是我的记忆，都是零碎的片段，没有一段是完整的，而且大部分都已经忘却。

不记得那是什么时候的事了，伯父死了，是意外身亡。

我记得母亲在房间里伤心流泪的模样。母亲把人家请她缝补的衣服揉成一团，推在一边，趴在榻榻米上强忍着不发出声音地哭泣着。我躲在门后看着母亲的头发和剧烈颤抖的肩膀。当时的我不明白为什么伯父死了母亲会那么难过。

五

小矶泰子因为工作关系，每天回家的时间都不固定。

很多次，我八点去她家，她还没回来。因为她除了收款，还要拉人投保，晚的时候要到十点，甚至十一点才回来。

因为我们没有约好哪天、几点见，我也没法每次都计算好时间见到她。

健一大部分时候都一个人玩。那时候，健一一看到我进他家，眼睛就会闪出异样的光芒，盯着我。

我试着想要驯服这个孩子。我对他讲很多事，但他不怎么开口，问他什么也不马上回答。

但他至少不拒绝我进入他家。

泰子出门前，会准备好孩子的午饭。如果事先知道晚上会晚归，连晚饭也会一并准备好。健一会乖乖地吃他母亲做的饭。听泰子说，这孩子一点儿都不让大人操心。我觉得是一直独自待在家里的生活方式造就了他这样的性格。

我去泰子家那么多次，没有一次看到健一带邻居家的小孩回家一起玩。虽然他会去邻居家玩，但每次都很快回来。似乎他不太爱和朋友一起玩。

我傍晚到泰子家。如果泰子不在，就是我和这个孩子一起度过。我本来可以直接回家，但一旦回家就很难找借口再出来，而且我也觉得来回跑太麻烦，所以会在她家等她好几个小时。

等泰子的时候，我常常躺在榻榻米上一不小心睡着。

无论我做什么，健一都是一副事不关己的样子。他自己玩积木或看旧绘本，同时嘴里念叨着什么。总之，他总是一个人自顾自地玩耍。他虽然对我没什么话说，但一个人玩的时候，总会嘟囔着自言自语。

所以，我就算在泰子家等她，也和健一没什么交集。孩子总是自己玩，我也自由地躺着看看杂志、睡睡觉。这么说来，虽然身处同一个家里，同样都是在等泰子，但我和健一毫无关系。

话虽如此，健一对我也并非完全视而不见。有时候我看书的时候无意间抬头一看，会发现健一正直勾勾地盯着我。那孩子的眼睛里带着一种清澈的苍青色。撞到那双直视我的孩子的眼睛时，我会莫名有一种恶心的感觉。

但毕竟他只是六岁的孩子，有时候我也会照顾他。"小健，我帮你铺被子吧？"我说。

"嗯。"他点点头。

除此以外，我帮他做点儿小事的时候，他都没有说"不要"。从某种意义上来说，他确实是不用大人太操心的孩子。

我昏昏沉沉睡着的时候，泰子回到家。虽然已经很晚，却还是会为我准备晚饭。那对我来说是一种幸福的家庭感。

健一一到十点就会睡着。之后就是我和泰子的二人世界。她回家后还要整理客户的卡片，我会在一旁帮忙。在此过程中，我充分体会到保险收款是多么辛苦、多么麻烦的一份工作。拉人投保也很累。与泰子的保险公司相比，我所在的公司真的轻松太多。听她说，如果只做保险收款，公司会不乐意，必须拉人入保，提高业绩，才不会被炒鱿鱼。对泰子而言，每天的业绩直接关系到家里的柴米油盐。我以前不知道还有这种好像每天站在断崖边的工作。明明自己的生活已经那么辛苦，她却依然为我付出很多。

她也关心我和健一之间的关系，晚上回来看到我和健一睡在一起的时候，她会很开心。

"小健已经很听我的话了。"

为了让她更高兴，我故意说得比较夸张。

然而，健一实际上有没有听我的话呢？就算没了一开始的生疏，他依然对我不亲近、不信任。他顽固地保持着与我的距离，躲在自己的壳里，瞪着眼睛直勾勾地看着我。

就这样过了几个月。

我和泰子在一起快半年了。

我依旧偷偷行动，不被妻子发现；也尽量选在天黑的时候去泰子家，以免被她周围的邻居发现。所以周围也没什么关于我俩的传闻。那半年，日子过得风平浪静。

　　泰子的家对我来说是唯一的避风港。我在公司里已经没有出头之日，家庭生活也早已乏味透顶。我虽然才三十六岁，却已经像五十岁的老人一般对生活充满了倦怠，而将我从中拯救出来的，就是泰子那间由六张榻榻米和四张榻榻米房间组成的清贫的小家。

　　如果那个家里没有健一，一定会更让我舒服。即使有他，也无所谓。如果健一能跟我再亲近一些、性格再开朗一些，我也许会把他当成自己的孩子那样疼爱。但我自认对他的好只会停留在表面。之前，我已经努力讨好他太多次，每次都是竹篮打水。那个孩子有一股骨子里的倔强。

　　一想到自己小的时候，我对健一的言行就并非不能理解。他其实是在警惕我抢走他的母亲。就算我对他再好，他也只会以为我是装出来的，就像我讨厌我的伯父一样。健一始终拒绝我。

　　我很明白健一的心情，但与此同时，这个孩子让我觉得越来越难受。不是因为他始终不和我亲近，而是因为这个孩子变得越来越让人发憷。

比如某个晚上,我像往常一样等泰子回来。就在我昏昏欲睡的时候,突然看到健一拿着菜刀出现在我身旁。

我吓得大叫起来。

但仔细一看,他其实是在用烧柴的木片做小船,菜刀是用来削木头的。榻榻米上全是散乱的木屑,小船已经大致成型。

健一从厨房拿出菜刀,嘴里一如既往地嘟囔着什么,自顾自削着木片。

健一手里拿着菜刀并不是为了杀我。

六

然而,自那以后,我对健一的一些小动作感到战战兢兢。为什么要害怕?我自己也不知道。

比如有这么一件事。

泰子为健一在家里做了个秋千,其实就是在房梁上拴了根绳子而已,健一经常一个人坐在上面荡来荡去。

然而这天晚上,等待泰子晚归的我正在专心地看一本书,突然,我发现健一手里拿着绳子直直地盯着我。

所谓的秋千其实只是房梁上荡下来的绳子,前端可以做成一个环。健一的小手当时正在把绳子做成一个环。

我见状大吃一惊。看到那孩子在用绳子做成环,我心里不由得咯噔一下。

冷静想来,其实也没什么好吃惊的,他只是拿着秋千的前端而已。但是,那个绳环在我眼中就像一个威胁,让我不由得幻想那绳环勒住自己咽喉的模样。

健一其实没有别的意思,他只是无意识地做着这些举动。然而,如果是别的孩子也就算了,但健一做这种事的时候就让我特别害怕。

类似的事情还有很多。

泰子家有很多老鼠,很让人头疼。有时候她会买来老鼠药塞在馒头里,放在橱柜的角落里。

"小健,这个千万不能吃哦,吃了马上会死。这是用来抓老鼠的,人吃了也会死。"泰子提醒健一。健一点点头,似懂非懂的模样。

放了老鼠药的馒头被泰子放在橱柜里、天花板的角落里、衣橱后面等地方。当时我也在,全都看在眼里。

我记得那是放完老鼠药的第二天晚上。

我为健一买来豆沙饼:"小健,尝尝吧。"我一到他家就拿出整盒糕点给他。

这种时候,那孩子不会说一句"谢谢",最多"嗯"一声,然后默默地拿走。那天晚上,泰子依旧回来得很晚。

我照例一个人躺在榻榻米上翻看报纸,突然想吃些甜的东西,于是让健一拿个豆沙饼给我。

健一有时候很听我的话,有时候则完全不听。他总是既顽固又反复无常。我让他给我拿个豆沙饼来的时候,他的反应很直接。他把豆沙饼掰成五六块装在盘子里,然后放到我的脑袋边上。

"谢谢。"我一边看报纸一边抓起一块豆沙饼往嘴里送。就在我一边看着报上的文字、手刚想伸向第二块的时候,突然看到豆沙饼里混杂着不一样的东西——和豆沙色的豆沙饼不一样,那是白色的馒头。

我差点儿当场跳起来。那个馒头是被泰子塞了老鼠药用来灭鼠的。

我想找健一问清楚,一时间却没看到他,原来他躲在厨房里一个人在玩。

"喂!小健!"我冲进厨房,见他正在用水洗盘子。母亲不在的时候,这个六岁的孩子经常做这些事,比如把脏盘子洗干净再擦干。虽然他还很小,但已经养成了帮母亲做事的习惯。

我把毒馒头拿给他看:"你这样可不行!怎么能把这个拿给我吃?"

健一抬头直勾勾地看着我,什么都不说。突然,他从我手里夺过馒头,扔到橱柜里。

这孩子到底在想什么?我越想越害怕。他也许就是想趁我专心看报纸的时候偷偷地把那块毒馒头放进盘子里,盼着我一不留神吃下去。

我知道他在想什么。

但我没法立刻把这种事告诉他的母亲泰子,因为这孩子是她的一切。

而且泰子对我那么好。对泰子而言,孩子是可爱的,而我也是她爱的人。我很理解她的处境,所以我不知道该怎么对她说健一的事。

健一对我的这种态度依然在持续。

平日里,他完全没有异样。但时不时地,我会感受到健一对我的"杀意"。

还发生过这样的事——也在我等泰子回家的时候,之前一直在一个人玩的健一不声不响地出门玩去了。我完全没在意,这孩子待在外面和待在家里对我来说都一样,他和我不亲,但也不会妨碍我。撇开他对我的敌意不谈,这孩子真的很省心。

泰子回来得很晚。

顺便说一句,很多次我都会出门接她,毕竟从公交车站到她家还是有些距离的。途中还是田间小路,夜里一片漆黑。我怕她走夜路害怕,会在附近站着等她。

那天我也打算出门去接她。

泰子的家虽然很小,但也有前门和后门。因为考虑到她经常不在家,前门总是从里面上锁,只有后门一直开着。

然而,当我打算打开后门的时候,却发现怎么也打不开。我拉了好几次,完全打不开。原本就是一扇破旧的门,一时卡住打不开也正常,但不可能完全打不开。

我用力拉了好几次,发现屋外虽然没有上锁,但肯定有什么东西挂在门栓上。一定是健一干的。

那孩子把我关在了家里。其实,只要从里面打开前门的锁就能出去。

让我陷入恐惧的不是不能出去这件事,而是健一从外面把后门堵上造成我被困在密室之中的企图。

这也许只是一个小动作,但他的想法实在让我吃惊。事实上,明知道前门可以从里面打开,但被他从外面把后门堵上之后,我确实陷入了一种无法逃脱、被监禁于密室之中的恐慌。

七

也许，我没必要对六岁的健一神经过敏。这样一个孩子的存在原本应该让我对泰子家避而远之，然而我做不到。

我爱泰子。看到她一个人辛苦养家，更加无法舍弃对她的爱。我虽然对健一心存芥蒂，但依然继续去泰子家。

我一直没有对泰子说起健一的事。仔细想来，秋千事件、菜刀事件、堵住后门事件，还有那毒馒头事件，其实都可以说是孩子的调皮捣蛋。而我将其理解为别有用意，归根结底，是因为我自己太胆小。

"健一越来越黏你了吧？"毫不知情的泰子经常说这种话。我没有予以否定。对于等待她晚归的我与健一之间的关系，她似乎有自己的认识。

我依然心存担忧，不知道健一打算拿我怎样。我开始对健一越来越警惕。

平日里完全没事，六岁的孩子只知道天真地玩耍。因为他总是不出去玩，一直窝在家里，所以我只能和他大眼瞪小眼地待在一起。

健一似乎没我以为的那么在意我。距离我刚来这个家的时候已经过去快半年了，我的存在对这个孩子来说早已不是什么稀奇事。

然而,为什么我必须警惕这个孩子呢?

因为平时他总是一副对我毫不关心的模样,一个人自在玩耍。但只要我一不留神,就会突然感受到他的"杀意"。

我没工夫在这里一一列举,直接讲结局吧。

泰子家没有开通煤气,也没有电饭煲,只能像以前那样用灶头做饭,燃料是柴火。

健一常会帮忙把柴火劈成小块。毕竟只是六岁的孩子,其实帮不上太大的忙,但他总是尽可能地帮母亲做事。泰子先劈好大柴,再由健一用柴刀劈成更小块。

那把柴刀像砍刀一样又细又长,还有刀柄,比普通的柴刀轻。我经常看到健一用这把柴刀劈柴。

我对泰子说过很多次,小孩拿那种东西太危险。

但她每次都笑着说:"你别看他小,可能干呢,劈柴从没受过伤。"她还说这孩子会洗碗碟,会劈柴火,总之就是和别的小孩不一样。因为健一经常一整天独自看家,所以自然而然地学会做这些事。

出事的那天夜里,又是泰子回来得很晚的时候。我以为她八点该到家了,谁知道在她家等到九点,她还没回来。

做保险的因为要集中整理客户卡片,所以月末和月初总是特别忙碌。

我已经习惯不等到她回来就不走。并非因为只有我单方面地想和她说说话,她也总是很神奇地能预感到我的到来,每次都会特地买些好吃的带回来。所以一旦去了她家,她不回来我就绝对不会走。我走了,她会失望。我不想让她失望。事实上,很多时候我都无所事事地等她两三个小时。

那天夜里,九点过后,泰子还没回来。

我本来想出去接她,但因为白天上班太累,迷迷糊糊地睡着了。

那时候,健一已经自己铺好被褥睡下。我见他枕边放着好几本绘本,猜想他睡前已经看过。他背对我,很安静。

我睡到中途醒来的时候已将近十一点。因为泰子从没超过十一点回家,所以我打算出去接她。

我坐起身,因为内急去了趟洗手间。蹲了几分钟,开门打算出去——厕所在四张榻榻米房间的旁边,与后门相连。当时厨房的灯关着,但厕所的夜灯一直亮着——就在我打开门的一瞬间,突然看到健一站在昏暗的厨房里。我不由得吓了一大跳。

在昏暗的灯光下，我看到健一的手里正握着那把细长的柴刀。

他就站在我的面前，一言不发，眼中闪着亮光。

我的意识中再也没法把他当作一个六岁的孩子，站在我面前的是一个手握凶器的男人。我的直觉告诉我，在我打开厕所门出去的瞬间，我将遭到敌人的袭击。

我的恐惧无法言表，本能地采取了动作。为了保护自己，我正面扑向手握刀刃的黑影。

我忘我地掐住那个小小行凶者的咽喉。

我以杀人未遂罪被逮捕。

健一倒在地上晕了过去。回到家的泰子急忙叫来医生，幸好抢救及时，并无大碍。

泰子对医生反复求情。但医生怕担风险，选择了报警。

警察问了我很多次企图杀害六岁小孩的理由，我没能讲清楚。我不知道该怎么讲述那小孩对我的杀意。如果按照我所想的如实地讲，一定会被人笑话。一个是六岁的孩子，另一个是三十六岁的大人。

警察问我是否恨那个孩子。

我绝对没有恨过他。只是有一段时间，我很苦恼，为什么这个孩子就是不肯接受我。

关于杀意这一点，警方更加难以理解，他们说六岁的小孩不可能有这种意识。

然而，警方不懂。

警方以另一种思路不断地责问我企图杀害健一的理由。换言之，警方觉得我是为了能和泰子在一起而想杀掉碍事的孩子。

我反复解释，但就是没人相信我。不仅是警方，这世上有谁会信我？为了能和情妇在一起想要除掉碍事的小孩，这才是常识。

每天早上和晚上，我被警方从牢房里叫出来反复审问，逼我承认警方所认定的这种常识性动机。

我坚持予以否认。我反复说我不恨这个孩子，只是害怕他。但就是没人相信我。他们甚至说我的脑子有病，开始怀疑我的精神状况。

经过几天的拘禁和反复的审讯，我忍不住发怒了，终于破口大叫："你们为什么不理解？我说的都是我的亲身经历！你们为什么就是不懂？你们问我为什么会害怕健一？因为我曾经做过那样的事！"

面对错愕无语的警官，我继续说道："我小时候就有过这种经历。我父亲死后，有个男人每天、每晚都来找我母亲。那是我父亲的亲哥哥，我的伯父。我讨厌伯父来我家，讨厌得不得了。我觉得我的母亲会因为这个男人变得不贞洁，所以我恨我的伯父。"

"然后呢？"警察疑惑地问道。

"我杀了我的伯父！"我脸色惨白地大叫道，"我伯父经常去突堤钓鱼，我也总是跟他一起去。但伯父喜欢在一个危险的地方垂钓，他的脚边有一条用来栓小船的旧绳子。我悄悄地在他背后握住绳子的一头，趁他钓鱼步履不稳的时候猛地一拉，背对着绳子的他被绊倒，一个趔趄朝后一仰，接着就像人偶似的轻飘飘地坠入海中。我母亲，还有世上其他人，都没有发现我的行为。他们怎么会想到一个七岁孩子会做那种事？所有人都以为是伯父钓鱼的时候自己不小心坠入海里淹死的……"

标 本

一

十月末，副部长问芦田能否带上摄影师去唤鸟名人所在的Ｆ市采访，然后写一篇面向儿童读者的报道。当时，芦田就职于报社出版部负责中小学生杂志的编辑部。

芦田事前并不知道什么叫唤鸟。

"就是吹口哨模仿野鸟的叫声，让鸟儿们循声聚集。"副部长知道的也不多，"据说他很厉害，只要他叫唤几声，附近飞的所有鸟儿都会飞过来停在他身边的树枝上。我是听别人说的，觉得挺有趣，想做一本图文集。你去采访一下他的心路历程，然后写一篇报道。"副部长把写有唤鸟名人名字和住址的便笺纸递给芦田。

Ｆ市位于武藏野的尽头，属于东京的卫星城镇，因当地赛马场而闻名。便笺纸上用铅笔写着唤鸟名人的名字：塚原太一。

芦田和摄影师浦部坐上报社的车前往Ｆ市。寒风中的街道洒落着午后淡淡的阳光。车开出新宿，驶上甲州街道的单行道开了一会儿，来到能见到杂木林与宽阔田地的地方。芦田平时对鸟儿没什么兴趣，他从车窗朝外看到满山红叶林，却没有看到黑色小影在其中飞翔的模样。他心想：也许这里本来鸟类就不多。也许塚原太一这个唤鸟名人吹一下口哨，就会有成群的鸟儿从不知哪里飞出来。

吹一下口哨就会有几十只鸟儿围绕着塚原太一振翅而飞，然后落在他附近的树枝上——这番光景确实可谓壮观。这样的照片一定会让孩子怀揣梦想。

来到F市的街道上，芦田发现便笺纸上的地址很难找。司机好几次下车问路，结果还是绕了好几个圈，连那个知名的赛马场也感觉忽远忽近。

结果，他们在远离F市中心的一片冷清原野中找到由一间间老旧小房子组成的小村庄。附近还有赛艇用的人工池，从白色栅栏间可以看到铅色的池水。

塚原太一家的铁皮房顶已经有些蚀烂，像茅舍般小。虽然周围也都是小房子，但相比之下还是他的家最小、最穷。芦田向周围人家打听，得知塚原太一有个弟弟在附近的碎石场工作，塚原太一现在靠弟弟接济。这让芦田有点儿意外，他本以为唤鸟名人虽然不至于大富大贵，但至少应该住在更像样一点儿的地方。塚原家的屋外，所有防雨木板窗全都关闭，乍一看会以为家里肯定没人。发黑的窗台下有只笼子，笼子里的鸡正在觅食，模样看上去好像很怕冷。肩上背着摄像机包的浦部不由得后退了五六步，远望一下这房子的全貌。

芦田敲了敲小房子的破门："请问塚原先生在家吗？"屋里传来咳嗽声。

里面的人把门打开一条缝，露出半张人脸。芦田看到这人的一只眼睛又红又浑浊，看上去年纪很大。

芦田在屋外简单说明来意后，屋里的人把门完全打开了。这时，芦田终于看清塚原太一这个人。他上身穿着脏兮兮的工作服，下身的白裤子上全是黑色的斑点及污渍，而且是薄款裤子，根本不该是在这个季节里穿的。他有一头又长又乱的白发，邋遢的胡须也多为白色。看上去年近六十，皱纹很深，脸色很差，眼神迟钝，一副无精打采的模样。

塚原太一看到芦田后，并没有表现出待客的热情，只是用嘶哑的声音说"进来吧"，然后把一块挡雨的木板卸了下来。芦田很难想象塚原之前在这间漆黑的屋子里干什么。

芦田和浦部站在狭小的门口，犹豫着要不要进屋。卸下一块挡雨木板的地方透进来一道斜斜的阳光，屋内其他地方则依然昏暗无光。房间只有六张榻榻米大小，门口摆了一面对折式旧屏风。芦田二人站在门口，隔着屏风根本看不清里面的情形，只能看到屏风上贴着从报纸上剪下来的画。

芦田站在原地没动。这时，塚原太一从屏风后走了出来，手里拿着卷成棒状的白纸。

"我稍微准备一下，马上就出发。你们先看看这个。"

说着，塚原太一蹲下身，在客人面前把纸卷摊开。里面有四五张纸。

芦田拿起来一看，都是表彰状或感谢信。借着透进窗户的光线，芦田看到落款处是中小学或妇女团体，每张纸上写的内容都差不多，都对塚原太一的绝技赞叹不已，感谢塚原让他们见识到了了不起的一幕。看到这里，芦田猜想，塚原应该是免费向这些团体展示自己的绝技的。

在里屋把自己稍事收拾了一下的塚原太一再次出现在芦田面前。衣着没什么变化，还是那身工作服和皱巴巴已经变成灰色的白色长裤，唯一不同的是他肩上背了个战争年代使用的大帆布包，里面像是装满了便当盒似的，鼓鼓的。

"您好厉害！"芦田客气地说着，把感谢信还给塚原。塚原太一笑着接过那些纸，这是他第一次露出笑脸——张大了嘴，露出满口大黄牙，还有脏兮兮的肉色牙龈。

塚原太一听到夸奖，突然又想到什么似的，再次跑回屏风后，然后拿着一本相册回到芦田面前。

"先看看这个吧。"塚原太一笑嘻嘻地说。

封面破烂剥落，里面的照片已经褪色，连衬纸也似乎马上要掉出来了。芦田觉得这么破旧的相册应该给很多人看过。

照片里的塚原太一非常年轻。相册里有他身穿燕尾服站在舞台上的照片，也有他身穿同一套衣服、手指贴在嘴边的照片，还有他和两手勾着两个日本女人的老外的合影。

"这可是天胜[①]哦。"塚原太一得意地指着照片里站在他身边的胖女人说。他的手指骨骼突出，完全没肉，全是污垢，让人很难想象这是照片里那个风度翩翩的青年的手指。相册里的所有照片都是他年轻时拍的，长相倒是与现在几乎没变。

塚原太一介绍说，这是他三十年前跟着"天胜一

[①] 日本明治时代著名女魔术师松旭斋天胜（1886—1944），后文里的"天胜一座"是她出任团长的表演团。

座"去法国时拍的照片。他的语速非常慢，用词很简洁，似乎是那种如果没必要就不开口的性格。只有在讲述照片中曾经的辉煌时刻时，他才会显露出稍许的兴奋。

塚原太一似乎就是从那时起掌握了学鸟叫的绝技。能跟着"天胜一座"去国外，作为余兴节目演出嘉宾，说明他在那方面本事真的很厉害。

塚原太一朝芦田二人挥挥手说"走吧"，然后从屋外把门锁上，再把刚才卸下的挡雨木板放回原处。芦田完全无法想象塚原大白天在那间漆黑的屋子里能做什么。塚原太一肩上背着帆布包，有些步履蹒跚地朝杂木林走去。看着他的背影，芦田实在难以将这样的背影与刚才照片中舞台上身穿燕尾服的身姿重合。

二

十月末，从小在大城市长大的芦田很难想象武藏野的树林里会有哪些鸟类。

"应该会有斑鸠、百舌鸟、绣眼鸟，估计还有乌鸦。"走在芦田身后、脖子上挂着相机的浦部心情愉快地说。塚原走在最前面，踩踏着脚边的枯草。这里地处武藏野深处，已经没什么人家，只有一重又一重杂木林延伸至远方，整体呈现出黄色基调，但也夹杂着一些红色，就像层层涂抹的日本画，各种颜色渗透在一起。一路上可以闻到枯草和枯叶的味道。芦田感觉这里应该会有很多鸟。

塚原太一朝天空望去，似乎在确认飞鸟的存在。天空中笼罩着一层淡淡的云，圆圆的太阳挂在天边，像月亮一样发出淡淡的白光。芦田和浦部也跟着一起抬头看天，却只看到几个小小的黑点在树梢间飞来飞去，感觉不像有大批鸟类存在。

塚原太一走走停停，看看天空再继续走。这副认真勘查的模样让芦田认为塚原确实是个专家。在此之前，即使芦田知道他身怀绝技，但看外表只觉得他像个流浪汉。他们沿着一条细长的小路走进昏暗的林中地带，天空被枝杈分隔开来；接着又走出森林，天空又变得豁然开朗。这样反复多次，三个人越走越远。路上都是落叶，脚下发出窸窸窣窣的声音。这时，三人终于听到更多的鸟叫声，看到飞鸟交影。时不时地还会看到农夫骑着自行车从树林旁的路上经过。

塚原太一站到靠树林边上、相对稍稍宽阔一些的地方，这里就是他打算表演绝技的地方。浦部举起相机，以塚原太一为中心，预设各种取景。塚原太一却没有任何表情，只是茫然地、双脚乏力地站在原地。

芦田心中暗暗期待：不愧是唤鸟名人。如果他现在开口，嘴里就会发出尖锐的、缓和的、短促的、带余音的、好似旋转变换的、或是断断续续的……各种鸟叫声，渗进秋日的杂木林中，一场规模难以想象的群鸟盛宴即将上演。很快，那些鸟儿就会划破长空，穿过树林，慕"鸣"而来，在塚原太一头顶盘旋，然后落在他近旁的树枝上，甚至是他身边。一想到这些，芦田就期待能马上身临童话世界，心里激动不已。

浦部端着照相机绕着塚原太一来回转。他一会儿对焦，一会儿蹲下，一会儿又站到树桩上，以此确定照片的构图。定好取景角度后，浦部端着相机凝视着塚原太一。塚原太一完全不以为然地继续张望。他一只手抓着帆布包的包带，一只手自然垂下；眼睛眯起，嘴角挂着好似微笑的表情。

芦田心想：到底什么时候才能开始？真正的鸟儿都在森林深处欢叫着。难道为时太早？芦田担心自己这个外行被嘲笑，犹豫着该不该问一声。年轻的浦部拿着相机已经不耐烦地吼起来："麻烦您快点儿好不好？"

塚原太一听到后，稍稍动了动脚。浦部的催促似乎让他下了决心，只见他把手伸进皱巴巴的工作服裤兜，用手指夹出两枚十日元硬币大小的东西，呼了几口气，吹掉上面的灰尘，然后慢慢地将那东西放入口中，那双浑浊的眼睛则仰望着天空。

芦田刚想开口说什么，塚原太一的嘴里突然发出一道刺耳的声响，让芦田没有机会开口。听上去像是百舌鸟的叫声。塚原吹吹停停。芦田抬头看天，没看到有鸟儿飞来。塚原继续发出刺耳的声响，那声音的拙劣程度让芦田分外吃惊。这种程度的口技，感觉和不入流的街头艺人没啥两样。

只有两只黑鸟飞到近处。塚原太一将手指贴在嘴边，对着它们又拼命吹了好一阵。鸟儿却对此完全没有反应，没多久就振翅飞走了。塚原太一惭愧地垂下眼。

塚原太一没有就此结束。之后，他又变换尝试过绣眼鸟、斑鸠、山雀等各种鸟叫声，但就是没有鸟儿聚过来。树林深处，树梢之上，真正的鸟儿正在啼鸣，却没有一只鸟儿被塚原的口技召唤来。换言之，塚原的口技没有吸引到一只真正的鸟儿。

芦田非常意外。塚原太一披着一头白发仍在继续努力，但结果依然是可怜的一无所获。芦田本以为他会提出休息一会儿，调整一下再尝试。但没想到塚原轻易地选择了放弃。浦部全程举着相机，却没有等到可以按快门的景象，此刻一脸愕然。

"今天状态不好。"

塚原太一从嘴里吐出两枚十日元硬币大小的乐器，拿在自己干瘪的手掌上。圆圆的黑色乐器上沾着他的唾液，在阳光下发着光。他用手指夹着乐器在袖子上擦了擦，然后放回上衣口袋。

芦田觉得如此快速放弃尝试的塚原实在是有些不要脸。

芦田忍不住说："不行吗？再试一次怎么样？"事实上，他们是为了这个所谓的唤鸟名人才大老远地跑来这里，塚原的态度却显得毫无诚意。浦部也放下相机，一脸不满地朝芦田走来。

"今天鸟儿不会聚过来了，这种多云天气没办法。"

塚原用嘶哑的声音缓缓地断言。芦田抬头看天，天空中什么都没有，根本算不上多云。而且如果是天气原因，那么他从家里出来的时候就应该已经知道。

"不过拍照还是可以的哦。"

塚原太一看着芦田和浦部，眼神中突然泛出一丝笑意。

芦田不明白他这话是什么意思。没有鸟拍什么唤鸟名人？塚原太一应该也明白这一点。

这时，塚原太一突然露出一抹有些奇怪的笑脸，说不清是谄媚还是害羞，因为他正低着头，看不到肉色的牙龈，但可以看到其眼角的皱纹特别明显。只见他从肩上摘下帆布包——好像装满便当盒的帆布包，打开后抖着手伸进包里。接着，他从包里取出来一只颜色亮丽的野鸟，是一只不会动的鸟。塚原的手继续发抖。

芦田和浦部哑口无言地看着塚原。他俩这才明白塚原刚才那句话的意思，但一时半会儿还没法接受。塚原太一从包里拿出一只又一只不动的鸟儿，芦田与浦部看傻了眼。

塚原太一将不动的野鸟一只一只摆放到附近的枝头上。无言、缓慢的动作就像在装饰橱窗，而且是以一种非常熟练的动作。现在一共有二十多只斑鸠、百舌鸟、山雀、绣眼鸟等标本立于自然的杂木林中，看起来就像一张彩色照片。芦田感到一股不寒而栗的阴森气息。

塚原太一将最后一只从包里拿出来的鸟标本放在自己的肩头，然后站到鸟标本面前，再从口袋里拿出那枚乐器，摆出吹鸣的姿势。

"这样就行了。后面的那些鸟儿也都能入镜，是吧？"

这番摆拍实在可谓精彩，专业摄影师都无话可说。芦田觉得塚原之前肯定已经这么干过很多次。他披着一头散乱的白发，白胡须也邋遢不已，眼角带着殷勤的笑意，拉了拉皱巴巴的工作服，准备好接受拍摄。

既然芦田已经开口，浦部只能无可奈何地板着脸按动快门，却完全没有拍摄热情，只拍了三四组就把相机收回相机包。

塚原太一将放在枝头的野鸟标本一件件收回。此时，他的手指不再发抖，似乎已经克服了内心的羞愧。装好标本之后的帆布包又恢复成之前鼓鼓的模样。

"塚原先生，"芦田结束工作，对已经把包背好的塚原说，"我们该付给您多少报酬以表感谢？"

芦田的语气很生硬。

塚原太一眯起那双浑浊的眼睛，露出牙龈笑了起来。这是他最开心的笑脸。

"这样啊，上杂志的话，最好能有一千日元吧。"塚原太一笑着说。

芦田本来想朝他吼："这种骗人的照片怎么可能登上杂志？丢人！"但最终还是忍住了。他默默地从口袋里掏出一张一千日元的纸币。唤鸟名人高兴地接过钱。

芦田回到车上对浦部说："今天拍的只能作废，我去跟头儿说根本没什么唤鸟名人。"

浦部颇有同感地点点头，之后就一言不发。开车来的时候找路找了好久，回去的时候却完全不费工夫就回到了甲州街道。武藏野的杂木林渐渐变少，人家越来越多。芦田和浦部都没了朝窗外看鸟的兴趣，两人满脸的不悦。

三

那只是一件小事，完全没必要记住。

一年后。

芦田换了一家杂志做编辑，这次是一本面向知识分子读者的文化杂志，连载小说的作家都很质朴。对曾做了三年儿童读物的芦田而言，虽然性质有所不同，却反而激起了他挑战新领域的勇气。

芦田刚上任的时候，这本杂志上有一篇连载小说还剩下两期就要完结，于是主编立刻安排他做下一部连载的作者T的联系人。芦田此前从没见过T，但很喜欢T那种独具内省式的世界观，所以很高兴自己能成为T的责任编辑。

临近第一次截稿日，芦田开始频繁出入位于世田谷的T家。T是出了名的拖延症作者，总是精益求精地花很多时间去调研素材。原本，帮着一起调研也算芦田的分内工作，但T总是坚持一定要自己查，所以芦田在这方面比较省事。

另一方面，T能否按时交稿成了芦田最担心的事。

据说对于新作品，T只预定了一个大概的框架，还没有具体构思。芦田去他家时，经常看他在一张用了很久的书桌前蹙眉思考。去年已到花甲之年的T脸色很好，有一张圆圆的娃娃脸。T每次凝神专注地托腮或思考或苦恼的时候，脸上似乎会更添一份深沉。看着这样的T的侧脸，芦田觉得他有一种让人难以靠近的严肃，而且穿着黑色和服的T陷入沉思后，每次都像被冻住似的，长时间保持同一个姿势。

随着截稿日的临近，芦田的不安与焦躁与日俱增。芦田知道，对于T而言，每次要交三十五页稿纸的文字量实在是很大的负担。一想到T的书桌上还摆着没写完的稿纸，芦田就开始神经紧绷，甚至没办法做其他事。副部长每次询问芦田关于T的稿件进展状况，他都回答应该马上能交稿。芦田不想让作风强硬的主编亲自去找已经很痛苦地在写作的T催稿，他同时觉得如果哪天主编亲自去催稿，那么自己就会被贴上无能的标签。

距离截稿日还有五天。T给芦田打电话。

"终于来灵感了，你能马上来一趟吗？"T的声音很低沉，但依然听得出其如释重负的语气。芦田接完电话，赶紧披了件外套冲出门。

芦田到达被树墙包围的T家已是晚上。他觉得今天的灯光特别明亮，还以为这也与T终于有了灵感有关。今天，芦田特别精神地按下门铃，只见玻璃窗前闪过T夫人的身影，很快，T夫人就为芦田开了门："您来了。T说终于想好写什么了，可开心呢。"平日里不多言的夫人见到芦田也很高兴。芦田觉得作为作家夫人，可能比T更辛苦。

进门脱鞋的时候，芦田注意到门口多放了一双茶色的鞋子，还听到从房间里传出T与另一个人交谈的声音。

"有客人吗？"芦田一边脱鞋一边问。

"R先生来了。T这次写小说，他帮了很大的忙。今天是来家里玩的。"夫人用温柔的声音回答。

芦田知道R的名字。与其说芦田知道，不如说R的名字就像某种常识。他曾经非常有名。虽然在报纸、杂志上早已看不到他的名字，但在芦田还是中学生的二十年前，R的名字几乎每个月都会出现在各大综合杂志或美术杂志上。那是R的全盛时代，报纸上也曾多次大幅刊出他的名字和照片。R写的大多是美术评论，但又不能单纯地称其为美术评论家。他的评论涉及文学、社会现象、思想和政治领域。他的美术评论也好，其他评论也罢，主要以横向展开的方式进行论述，却也因此没有太过专业的水准。总而言之，R的评论虽然涉及所有艺术类型，但都没有纵向的专业深度。他的评论宽度使得他的读者群非常广泛，也因此扬名立万。

然而，R的评论在最近七八年从杂志上完全消失。战后，特别是进步派的美术批评，都采用了现代的批评方法与学术论调，R那样的文人印象批评相比之下就显得落伍腐朽。新锐评论家层出不穷，老派的R只能退出评论舞台。他最擅长的美术评论一旦黯然失色，其他各领域的评论也随之备受冷落。R依然德高望重，有一席之地，但其活动范围完全退出第一线，只偶尔在一些不入流的杂志上发表短评、随笔而已。

芦田一进房间就看见T和R正在喝酒聊天。与T那张圆脸面对面的就是芦田年少时常在杂志上看见的那张脸——R留着长长的白发，此刻正面带微笑。"你也知道他吧？"

T那双小小的圆眼睛转向芦田，指着R问。

"是的。虽是初次见面，但真的久仰大名。R先生您好，我是××报社的芦田。"

芦田送上名片，双手放在榻榻米上低头问候。

R接过名片说:"谢谢。"心情似乎不错,微笑着问,"你们现在的主编是谁?"用打招呼般的语气问芦田。

芦田说了主编的名字,R不置可否地说了声"哦",看他的眼神应该不认识。然后R又问谁现在在哪里、谁怎么样了之类的问题,他提到的五六个人都是芦田入社前的老员工,其中有些人已经做到管理层,也有人功成身退,已经退休。这些人都是R全盛时代的人物,R假装不经意地说出这些人名,并非出于怀旧之情,而是想给初次见面的芦田一个下马威。

"你之前一直很担心吧?"T有些看不下去,赶紧将话题转到自己身上,对芦田说,"终于准备得差不多了,明天早上就动笔。傍晚前一定能完成第一回的三十五张稿纸。"

T的圆眼睛里,之前连芦田都能感受到的那种写不出稿子的痛苦,以及紧锁眉头时挤出的黑色皱纹,此刻都已荡然无存。现在的T浑身散发出安心平和的气场。

"这下我就放心了。今晚可以睡个好觉。"芦田由衷地说道。

夫人为芦田送来饭菜的时候说,之前每次来都无言离开的芦田的那张脸实在可怜,让她看着都心疼,好在T终于有望按时交稿,她也可以松一口气。听夫人说这话的 T 一直笑容满面，看上去神清气爽。

之后，T 与芦田聊起有关插画、故事展开、故事背景等话题。

在此期间，芦田似乎忘了 R 的存在。回过神来的时候，发现 R 正低着头一个人喝闷酒。芦田觉得 R 举杯饮下的不只是被冷落在芦田与 T 所谈话题之外的尴尬，还有被置于编辑和 T，换言之就是业界圈外的寂寞滋味。当然，这也许只是芦田的一己之见，毕竟与他人同席谈论工作时，谁都有可能像 R 那样礼貌地不予打扰。但 R 当时的神情确实透着一种苦闷的寂寞感。

T 也注意到自己的友人身体前倾、忧郁寂寥的模样，因而露出一丝失措的神色。

四

四天后，T 找芦田商量，问他能不能给 R 安排一份写稿的活儿。

"我的这部小说，R 真的出了很多力。他实在是博学多识。你跟他聊过就知道了，他这个人其实非常有意思。随便什么时候约稿都行，长篇短篇都无所谓，拜托了。"

T 一边喝茶一边拜托芦田。T 虽没有挑明，但他其实很担心R如今在业界的地位。T觉得如果芦田所在的报社能向R约稿，也许就能帮助R鼓起勇气重新振作。芦田听罢，想到了几天前的那个晚上T看向R落寞模样时的眼神。芦田觉得，T是为其老友来拜托自己的。这样一位德高望重的大作家如此客气地拜托自己这样一个小辈，自己应该尽力而为，以表感激。当然，他一个小编辑不可能当场拍板，但他保证会向主编力荐。T听到这话，脸上露出笑容，说自己没法直接找主编说这事儿，就全权拜托芦田了。T的这番话也让芦田理解了R在业内的处境。

芦田回报社后对主编说了这件事，主编听完，和一旁的副部长面面相觑。主编笑着说：" R？怎么办？"副部长也笑着回答说："是啊，怎么办？"

"若真的登了那种人的文章，我们的杂志肯定会掉价，还会被笑话吧？当然，他以前是挺厉害的。"主编挠着下巴，为难地嘟囔着。芦田其实已经预料到他们不会欣然同意。

"不过毕竟是T老师拜托的，要不就随便让他写篇短评吧？随便什么内容，什么时候交稿都行。"主编决定道。副部长依然沉默不语。芦田的眼前似乎又浮现出独自举杯的R的模样。

芦田为这件事卖力倒不是为了讨 R 的欢心，他更在乎的是 T 的感受。他立刻开车前往 R 的家。R 的家位于本乡附近，是一栋小巧的、日式风格与西式风格相结合的房子。芦田没有打电话也没有提前打招呼就直接去了，还好到达的时候 R 正好在家。芦田被请到家里的西式客厅。五十多岁、颇显苍老的 R 夫人为芦田端来咖啡、点心和水果，对芦田非常客气，让他感受到这个家非常欢迎他的到来。不过 R 迟迟没有露面。

客厅里有一堵墙是高至天花板的书架，上面摆满了各类厚厚的全集，是一道亮眼的装饰。这种书架给访客一种威严、耀目、学术式的压迫感。芦田无聊地站着浏览书架的时候，发现 R 把他自己的著作摆在书架的最中央。这种陈列方式可以让来访者对这个家的主人取得的成就一目了然。

R 穿着便装和服走入客厅，衣服上有明显的叠痕，似乎是他特意刚刚换上的。

芦田问候过后，R 那张长长的脸上笑得满是皱纹，比之前在 T 家偶遇的时候客气很多。

芦田并没直接说明来意，而是先客套地说了一些不痛不痒的家常。今天的 R 谈兴很高、对着芦田滔滔不绝阐述起自己的美术理论。他似乎已经察觉到芦田的来意，摆出早有准备的论调，以显示自己的能耐。R在讲述自己观点的时候，会不停地问安静聆听自己讲话的芦田"你觉得呢？""我说的没错吧？"之类的话，以求得芦田的认同。但在芦田眼中，向自己这个对美术一无所知的外行滔滔不绝并不停寻求赞同的R，看上去实在非常寂寞。

"R老师，能否请您为我们写篇稿子？"芦田终于说出今天的来意，其实他觉得R在高谈阔论的时候早已在等自己开口。

R突然沉默不语。他点燃一支烟，吐着烟圈，身体稍稍朝后靠了靠说："最近我很忙，如果截稿日太近，恐怕有难度。"

这时，芦田想起了主编与副部长的对话，还有T那张圆脸。

"没关系，看您方便就行。"芦田回答说。

听到这个回复，R的脸上闪过一抹失望的神色。

"现在手头正好有个好题目，我还在犹豫写了给谁登。既然今天你来了，那就交给你吧。"R装出一副卖人情给芦田的表情。

但芦田已经发现，R的脸上分明隐藏着焦急。"那就拜托您了。"芦田低头说。

"要多少字？"R恢复平静后问。

"五六页稿纸就行。我们也知道老师您很忙。"芦田回答。

R嘴里反复嘟囔着："五六页？五六页……"

芦田预感R会不高兴地说："五六页这么少，根本没法写。"但R终究没有说出口。

"五六页啊，"R说这话的时候强忍一脸的不高兴，"也行。好久没给你们杂志写稿了，就尽量压缩字数吧。其实我对这个主题很有自信。"

"这次就这么拜托您了。我觉得以后肯定会有机会拜托您写长篇的。"

"好啊。"R轻轻地点点头。

沉默了一会儿，R又问芦田："T的稿费很高吧？像他那样的级别，你们那里给多少？"

芦田有些无措，这才发现自己刚才没告诉他这次的稿费："T老师啊，是这样的，他这次为我们写的是连载小说，所以……"芦田说得很含糊，"而这次拜托您写的是短评，我知道这个价位是委屈您了……"芦田把主编定的价格报给R听。

"是吗？"

R的脸色没有芦田预想的那么难看，他像是想到什么别的事情，按下打火机，又点燃一支烟。

两天后，芦田接到T的电话。

"听说你去向R约稿了？太谢谢了，R很高兴呢。"

听T的语调，似乎明白报社里只有芦田一个人在为R努力，所以语气中充满了感谢。

芦田对R是否坦诚地向其友人T表达了喜悦之情表示怀疑。芦田其实并不关心R是否真的高兴，对他而言，T的这通表达感谢的电话更有意义。

芦田出差两周，回来后发现自己的办公桌上多了个厚厚的大信封，是R在他出差期间寄来的稿件。虽然信封上写明"内有稿件"，却不曾有其他人打开确认。信封上落款是R的署名。

芦田打开信封，里面装着整整二十七页稿纸。他记得明明告诉过R只要五六页。展开一看，在稿纸的空白处，R留言道："五六页无法充分展开我所讲的主题。这是最少字数。"

芦田把这些稿纸拿给主编。主编瞥了一眼稿子的厚度，然后翻了两三页就放下了。

"R以为如今还是他以前给美术杂志写卷首论文的时候啊。这种文章即使压缩到五六页也没法采用。他已经不行了，终究是过时了，完全没法采用。"主编对站在一旁的芦田说完，就把稿子扔到标有"作废稿件"的大纸篓里。稿件落入纸篓时发出沉重的声响。

矮个胖主编扔完 R 的稿子，继续埋头做事，然后对茫然站立的芦田吩咐道："你赶紧去会计那里给 R 申请一笔稿费。"主编的声音里不带任何感情色彩。

芦田回到自己的座位上，按照主编的吩咐，准备去会计那里为 R 申请稿费。他动笔的时候，脑子里突然想起与之毫无关联、一年前的那个唤鸟名人——用颤抖的手将野鸟标本放在枝头、收了一千日元谢礼、穿着工作服的那个唤鸟名人。芦田并不认为美术评论家 R 与唤鸟名人塚原太一之间有什么共通之处，他只是觉得，这两个人都像是某种人间标本。

典雅的姐弟

一

东京麻布高地T坂以其高级住宅区闻名于世。从明治时代起，这附近就都是高官的府邸、富豪的宅院。如今依旧沿袭着这样的传统。附近还有飘扬着各国国旗的使领馆。绿树之间露出白垩色的小楼，看起来别有一番异国风情。

这里有很多高地，连接其间的都是陡坡，坡道上都是铺着石子的路面。原本耀眼的路面会因为光线的变化时而变得暗淡。

长长的围墙在道路两边曲曲折折，不断延伸。常常能看到西洋面孔的妇人牵着小狗从附近的外国使领馆出来散步，让人产生一种并非身在日本的感觉。

当然，这里并非只有一条道路，途中还有好几条小路分岔出去。但就算前往小路，映入眼帘的也皆是潇洒气派的豪宅。而且，哪怕是那些夹在大房子之间的小楼，也必定是极具品位的建筑，绝不会破坏这里的高贵氛围。

这里的住户外出多为驾车。偶尔看到步行的，不是去超市买东西的保姆，就是在附近玩耍的孩子。

如果在这里看到其他行人，那么肯定都是从其他地方来的路人，而那些人必定边走边向两侧投去艳羡的眼光。

只有在这里，哪怕艳阳高照，也依然可以依靠大面积的绿化吸收太阳辐射，呈现清凉平和之景；而在寒冷的冬天，也只有这里可以留住温暖的阳光。

然而，任何地方都会有阴暗的角落。美丽豪宅区的石墙下，有一个不起眼的区域。虽然也是个很安静的所在，但只有这块区域没法称其为豪宅区，因为这里的小房子明明挤在一起，却又好像在彼此回避。

其实这些小房子完全可以称得上优雅。虽然相比之下围墙较短，但至少都是独门独院。很多人家的大门整天紧闭。

住在这块区域、早晚往来于市中心与家的，并非都有私家车。他们中的大多数会选择另一条路走到电车站。即便是去电车站，这些人也每天穿着讲究，迈着神气的大步。

其中有一个长得很有特点的男人，身材消瘦，个子很高，将近五十岁，溜肩，体态偏中性。

他在坡道上缓缓地走着，总是带着一种安静的气场，眼睛盯着自己的鞋尖，保持前倾的姿势。

他的侧脸也很不一般。头发虽已稀少，却梳得一丝不乱。长脸的正中是突出的额头和高高的鼻梁，眉毛和眼睛看起来都很温柔，嘴唇的形状也很不错。

每个人见到他都觉得他年轻时一定是个美男子，现在的长相依然保留着当年俊朗潇洒的丰姿。

只是容颜已老，皮肤松弛，皱纹颇多——突出的眉宇间交杂着深深的皱纹，眼皮也严重下垂。脸颊很窄，因为皮肤松弛，下巴上也全都是一层又一层的皱纹。

换言之，他虽然五官长得很好，但那些如同凿刻出来的无数皱纹布满脸上的每个角落，残忍地给人以凋零的印象。

没人比他更具代表性地阐释什么叫年轻时英俊、年老时不堪。他的脸上毫无光彩。美丽的鲜花蔫了之后，又被风吹雨打，最后凋零，这种形容不仅限于女性，也可以用来形容他这样的男性——年轻时曾为美男子，年老时却容颜崩坏。

也许是因为天妒俊颜，这个人其实才五十岁，看上去却已经七老八十。

"快看！生驹家的才次郎走过去了。"附近的人看到他都会窃窃私语。

他衣着得体，胸前还塞了块白手帕，看上去很是潇洒。肩上、裤子的膝盖上也都一尘不染，说他是皇宫御用的典礼司仪都不为过。

他每天都穿成那样，前倾着身子，一步一步、像在数鞋子发出的声音那样慢慢地走在上坡路上。有时候也会看到他穿着同样的衣服，在傍晚时分走下坡路。

生驹才次郎是他的名字，这名字和他的长相倒也很相称。一个嘴巴不太干净的男人来这里看朋友，得知他的名字和模样后笑着说："他年轻的时候肯定就像春画里的殿下。"

"他是做什么的？"

"不太清楚，听说在银行工作。"

生驹家已经在这里住了二十年，但附近没有一个人清楚生驹才次郎到底是做什么的。

大家都说他在银行工作。而且看他这把年纪，至少应该已经做到科长职位，收入应该丰厚。

还有人煞有介事地说，才次郎现在这副老态龙钟的模样，是因为他年轻时在国外分行工作的时候和那些外国洋妞毫无节制地风流快活的结果。

当然,生驹家的近邻传出来的消息最为正确,也最为详细。

生驹家位于从小路进入后只容两人勉强并肩通过的窄道尽头。那段窄道相当长,窄道的尽头就是生驹家的正门。他家的房子很旧,门牌上字迹风雅地写着:"生驹才次郎"。

不过这字迹并非出自在银行工作的屋主才次郎之手。这附近还常能看到一个六十多岁、很有气质的老太太,"生驹才次郎"这几个字正是她的挥毫之作。

姐弟俩都有一副端正的容貌,这一点非常相似。老太太的皮肤很白,身材纤瘦,非常苗条,一头垂肩的白发,脸上始终保持着优雅的微笑。

老太太的长相看起来也非常温柔,遇到近邻时总是眯起眼,缩着嘴说话。

所有见过这老太太的人也都和见到他弟弟时一样,想象着她年轻时该有多美,一定令无数男人倾倒。

她的谈吐也很优雅,像古人那般文绉绉地说话。所以她走在外面的时候,是大家眼中的一道风景。

二

老太太外出时，每次都会穿一件紫色披风。乍一看不知道是什么质地，就像现在的年轻人看到只有在大正时代的风俗杂志上才会看到的披风时一样不明所以。其实，那是缎子做的，已经有些褪色，显得比较暗沉。胸口处打了个结，垂着穗子。

老太太在披风里面穿的和服是皱绸质地的，但颜色和花纹早已过时。再里面是与和服一样绫缎质地的内衣，都是古旧的鼠灰色。总之，绫缎质地的内衣、鼠灰色的皱绸和服，加上紫色缎子的披风，怎么看都觉得很有年代感。

"这衣服啊，"每次被人问起，老太太都会自豪地说明，"是年轻的时候，太太送给我的。老爷也给了我很多东西，但现在只剩下这些了。"

一听到"老爷"这种用词，所有人都会愕然无语。再仔细一问就会知道，原来她年轻的时候曾在九州某贵族位于东京的府邸里伺候过贵族夫人。

"十六岁那年，我进了老爷家。"老太太每次都会加上这一句，"一直做到四十岁。太太过世后，老爷又从京都娶了一位贵族大小姐，于是我就离开了。"

听老太太说这些话的人，眼前似乎能浮现出诸如《镜山》①之类歌舞伎的舞台形象。

这位老太太名字叫桃世。把桃世和才次郎的名字放在一起，就能制造一种俊男美女的幻影。

这个家里还住着另一位老太太。今年五十七岁，才次郎叫她姐姐，但他们并非亲姐弟，她是才次郎死去的哥哥的妻子。五年前，才次郎的哥哥死后，才次郎把她接来自己家同住。

这位老太太名叫阿染，长着一张普通老太太的脸，额头宽阔，眼睛深凹，颧骨高起，下唇突出。和桃世站在一起，她就像跟班或老保姆。

桃世和别人聊天的时候，不会叫阿染的名字。对邻居提起的时候，桃世总用"我们家那媳妇"这样的表述，当然"媳妇"指的是她死去的弟弟的媳妇。

"我们家那媳妇的言行很不得体。"这是桃世的口头禅。桃世的举手投足充分展示了她前半生经历过的贵族家的风范。因此，对阿染做的任何事，桃世都很看不惯。

"没想到我都这把年纪了，还要被人指手画脚。"阿染对邻居们抱怨道。

---

① 歌舞伎演出节目《镜山旧锦绘》，其前身为1782年初演于江户外记座的人形净琉璃《加加见山旧锦绘》，通称《镜山》。

但在桃世和才次郎面前，阿染是绝对抬不起头的地位。当然，这主要是因为阿染在经济上全靠才次郎养活，所以没资格抱怨。每次桃世一发话，五十七岁的阿染必须点头哈腰、毕恭毕敬地道歉说："是我不好，请您原谅。"

"我们家那媳妇的品性太糟糕。看上去像是在给我道歉，其实一肚子坏水，背地里不知道怎么骂我呢。"桃世向邻居们抱怨道。

这并非虚言。无论嘴上如何道歉，阿染的表情都毫无愧疚，就像在说"今天天气真好"似的满不在乎。

桃世与才次郎是关系很好的姐弟。才次郎叫桃世"姐姐"，桃世叫五十岁的弟弟"才次郎"，两人关系和睦。

桃世四十岁的时候离开贵族家之后，一直和才次郎共同生活至今。

"才次郎好可怜，我好想给他找个好媳妇。"这也是桃世的口头禅。

事实上，才次郎单身至今。

大家觉得他年轻的时候是世间少有的美男子，肯定有不少人给他说媒，他却至今未婚。

说媒的确实不少，但都没成，结果才次郎孤独到老。

"我弟弟真是不幸,一直没有好姻缘。其实也不是没有,当年说亲的人多到差点儿踏破家门,其中还有姑娘非才次郎不嫁,还闹自杀。但怎么说呢?除了本人性格以外,家风、门第也很重要。"桃世感慨道。

附近有好事的邻居知道才次郎一直单身,于是好心给他介绍对象。

每次有人说亲,才次郎都不会一开始就拒绝,而是看过照片后,至少会去见一面。

然而之后,每次都是才次郎主动说"不"。

因为平日里就知道他们很挑剔,所以介绍给才次郎的对象绝对不会差到哪里去。当然,都这把年纪了,不可能是初婚,但给他挑的都是那些亡夫为高官或富豪的女人,但她们都入不了才次郎的眼。

因为才次郎一而再、再而三地拒绝,结果连那些最好事的人都不想再给他介绍了。

如此一来,关于才次郎,大家开始众说纷纭。"才次郎不会是那方面不行吧?"

事实上,看他那高贵的容貌、中性的姿态,说他"那方面"不行或是女性化也不足为奇。

最重要的是,才次郎至今未婚这件事本身就很奇怪,毕竟他的相貌高人一等,而且现在的地位已是银行科长，收入也是一般人不能比的。

仔细想来，他是故意一开始不拒绝说亲，见面后再挑对方的毛病，然后拒绝。换言之，这是才次郎为了掩盖其生理上的缺陷而采取的伪装。

有人说他生理上的缺陷是其青年时代在国外得过重病的后遗症，导致他"那方面"不行。

拥有相当高的收入、虽然衰老却依然容貌高人一等的才次郎至今单身这事儿，很自然地在众人眼里被视为怪异。

而且才次郎看起来也不像有别的女人。他每天九点出门，晚上六点左右回家。每天早晚，他那前倾着走在坡道上的姿势就像对过时钟一样，精准地出现。

三

在生驹家，所有的饭菜都是阿染做的。不过五十七岁的阿染已经没法走很远去买菜拎重物，所以最近，他们家雇了个三十七八岁的保姆，名叫村上光子，有两个孩子，是个寡妇。

桃世的嘴很不饶人，还有些神经质。也许是在老爷家干活时养成的习惯，她会把碟、碗等餐具都用报纸包起来放进橱柜，费事程度令人咋舌。

"我最讨厌邋里邋遢，一看到那种乱糟糟的样子就头疼。"桃世常对村上光子这么说。

这其实是她对每天负责做饭的阿染的抱怨。

桃世常常会对阿染劈头盖脸地痛骂，手指在窗台或门槛上抹一下，稍有一点儿灰，阿染就会挨骂。

每当这种时候，阿染都会俯首道歉。

"真拿你没办法，难道你爸妈也是这么邋遢的人吗？"五十七岁的老太太像个小孩似的被桃世训斥。

但无论桃世说什么，阿染绝不回嘴。要是回嘴，桃世肯定更加吹胡子瞪眼地青筋暴起、怒不可遏，那一头梳得漂漂亮亮的银发也好像冲冠怒发。越漂亮的脸，生气起来越是面目狰狞。

所以无论桃世怎么训阿染，阿染只是低头沉默。

这样的生活在外人看起来实在很辛苦。不过，阿染有自己最大的乐子，就是看桃世和才次郎吵架。

这对姐弟平时关系很好。仅仅是听他俩说话，就能感受到他们的教养。

"才次郎，今天姐姐给你买了你爱吃的美味佳肴，快来尝尝。"

"敢问姐姐是何美味？"

"是鱼肉。今日我去菜场，觅得美味比目鱼，故将其买回。快来尝尝。"

"当下似乎并非食用比目鱼的季节。"

"就算并非当令，新鲜即为美味。弟弟今天中午在银行午餐享用了什么？"

"回姐姐，吃了面包和汉堡。"

"不能总吃肉，对身体不好。同为荤菜，还是鱼肉更清淡。饮食方面，弟弟自己可得多加注意。"

然而，这对平日里看似相敬相亲的姐弟，一旦吵起架来，则爆发一场激烈的战斗。

桃世尖叫着对才次郎呼来喝去，脏话恶言什么都说。平日里文雅的措辞到了吵架的时候彻底没了踪影，发狂发疯的程度让人完全无法招架。

才次郎也会激烈反击。但他似乎有把柄捏在姐姐手里，所以每次到最后都是他向桃世低头。歇斯底里的桃世似乎早就料到会有这种结果，才会放肆发狂。

吵架的原因大多是因为桃世养在院子里的蜥蜴。夏天还会再加上很多青蛙。

这附近有个水池，是一处并没有被完全填埋的湿地。每年初春，就会有大量蜥蜴不知从哪里冒出来，背上闪着五色条纹。

桃世喜欢爬虫类，每年这时候她都会去喂食。所以蜥蜴一直聚在生驹家的院子里。

而才次郎非常讨厌爬虫类。别说是蛇，蜥蜴和青蛙之类的也让他一见到就大惊失色。所以当桃世把大量蜥蜴引到家里来的时候，他每次都吓到脸色惨白。

桃世也知道弟弟怕这些，所以尽量趁才次郎不在家的时候给那些爬虫喂食。但才次郎回到家时，总会在院子的石头上或是树荫下看到趴着凝视屋子的蜥蜴。

才次郎看到这种情形就会怒上心头，对桃世恶言顶撞。"姐姐！你又去喂蜥蜴了！"

"没啊，完全没有。"桃世装模作样地回答。

"怎么可能没喂？就是因为你喂它们，蜥蜴才会跑来院子里。"

"它们都是动物，会自己动的呀。"

"不对，就是因为你喂食了才来的。"

"我没喂。"

"你肯定喂了！"

争吵的最后就是才次郎拿着棒子到院子里去驱赶蜥蜴。桃世气呼呼地紧跟其后。

"太可怜了。你在干吗？"

"打死这些畜生！"

"你怎么能那么残忍！你倒是在我面前杀死一只试试看！我绝不会轻饶你！"之后，桃世就以怒发冲冠之势大吼大叫。

桃世白天在家附近散步的时候，遇到邻居时会问："贵府是否有苍蝇？如果有，请分给我一些。"

一开始，邻居们听得一头雾水，毕竟对任何人家而言苍蝇都是害虫。不过看在老太太诚心相求，就会抓几只用纸包起来送给她。每次她都反复道谢。

之后的一周内，老太太多次求苍蝇。大家都很奇怪她要苍蝇干什么。谜底很快得以揭晓，原来她是拿苍蝇去投喂蜥蜴和青蛙。一般的食饵没用，而那些爬虫类也不吃面包屑之类的东西。

知道真相后，所有人都觉得好可怕。

生驹家里几乎没有苍蝇，因为桃世从早到晚都不停地捕。不仅如此，阿染也会被叫去一起捕，连保姆村上光子也被分配了捕苍蝇的工作任务。

村上光子还会被桃世吩咐去邻居家捕苍蝇。因此，周围邻居家里的苍蝇都有所减少，大家都很感谢桃世派来的免费劳动力，可谓一举两得。大家觉得桃世的这种怪癖虽然让人发憷，但非常欢迎桃世家的保姆来家里捕苍蝇。

"要是捕不到那么多苍蝇怎么办?"邻居好奇地问保姆。

"她会让我去菜市场问卖鱼的要苍蝇,因为鱼摊上总会有很多苍蝇。"

"啊?"听到这话的人都吃惊不已,"你不觉得恶心吗?"

"我也觉得恶心,但没办法,毕竟他们家比别家给的报酬高很多。"三十七岁的村上光子回答道。

四

附近的人同意村上光子来自己家里捕苍蝇还有一个目的,就是向她打听生驹家的情况。

每到这种时候,她脸上就会泛起笑意,半遮半掩地说给大家听。半遮半掩其实也只是装模作样,她巴不得一吐为快。所以大家通过这个保姆了解到生驹家的大概情况。

在这个家里,桃世是独裁者。才次郎对这个姐姐俯首称臣,而阿染更是被当成用人使唤。

"年纪稍轻一点儿的太太真是可怜,但因为无依无靠,也没办法。"村上说。"年纪稍轻一点儿的"说的是阿染。

"她经常被大太太呼来喝去，缩成一团。但有时候看上去很愉快，特别是看到姐弟俩吵架的时候，她的脸上就会有一种极其享受的表情。"

说这些话的村上光子给人感觉是和阿染一派的。丈夫早逝后，她曾在医院做过陪护和厨房帮手，自从做了保姆，她辗转过很多户人家，以至于养成了一个坏习惯，就是对他人的不幸津津乐道。

桃世在路上遇到邻居的时候总会在谈话中加一句："最近实在太忙。"

但大家都猜不出她在忙什么。

关于桃世的歇斯底里，还有这样的故事。

桃世会用报纸把餐具一个个包起来放进碗橱。但毕竟都是陶器，一不小心就有可能打碎。

生驹家里的餐具和器皿都是高级货。桃世不是个乱花钱的人，但还留着以前在老爷家做事的习惯——她特别舍得花钱买高级餐具。生活上，弟弟才次郎每个月会给她钱，而才次郎的收入非常高，所以她存了不少钱。这些钱每次都被她花在买餐具上，甚至可以说到了挥霍的程度。才次郎看来，这就是乱花钱，所以姐弟俩也会为这种事吵架。

高级器皿不仅很多，而且很多都是成套的。阿染并不是个细心的人，有时会不小心打碎成套餐具里的一件。

每到这种时候，桃世就会瞪大眼珠，不管原来是五件套、七件套，甚至是十五件套的高级餐具，桃世都会把成套中剩下的其他器皿全都拿出来，当着阿染的面，一件件砸到院子里的石头上。桃世受不了成套的餐具缺少了一件。

每次阿染都会发抖着下跪求饶。

"那老太婆是个疯子。总有一天，我会把这个家的餐具全都打碎给她瞧瞧。"像个龟孙子似的不断磕头道歉之后，阿染不以为然地笑着对村上光子说。

村上光子还告诉大家，桃世非常留心自己吃的东西。如果只是一般的留意倒也罢了，但桃世的那种担心已经到了好像有人要对她下毒的程度。

所有饮食都必须由阿染和村上共同经手。如果是阿染一个人准备的饮食，桃世就会担心自己中毒。

"村上，你尽量不要休息。你不在的话，就没人看着她，不知道我们家那媳妇会给我吃什么东西。"桃世说。

"太太，您开玩笑吧？不会有那种事的。"

"真的。你是外人，所以不太注意。我们家那媳妇想要杀我。她一直觉得我在虐待她，所以非常恨我。"

为此，桃世虽然不喜欢，但还是特地养了一只猫。阿染给她端上来的饭菜，她每次都要先用筷子夹一点喂猫。之后的二十分钟里，她完全不动筷子，一直观察猫的情况。无论多么美味的食物，不做这么一番实验的话，她绝对不会送入自己的口中。

"阿染太太不生气吗？"邻居们问村上。

"怎么敢生气？脸上稍稍有些不悦的表情，就会被大太太劈头盖脸地骂个不停。不管大太太怎么对她，她总是缩成一团，逆来顺受。"

有人说，与其跟着桃世过这种日子，还不如去养老院。但养老院只收容孤老，只要生驹家还有人在，阿染就进不了养老院。

"才次郎为什么没找老婆？"问村上光子最多的就是这个问题。

"这个嘛，我也不知道。"村上的嘴边浮现淡淡的微笑，"也许是已经习惯单身，觉得还是一个人更自在。"

"我听说，"有人毫无顾忌地说道，"才次郎那方面不行。"

"这我就不知道了。"

"他泡澡的时候，你有没有碰巧看到过？"说这话的人觉得，如果是传闻中的不举，那洗澡的时候应该可以发现端倪。

遇到这种问题的时候，村上会摆出一副暧昧的、淡淡微笑的表情，不予作答。

然而，眼尖的人会发现，光子那种淡淡的微笑中其实包含着特别的表情——知道别人秘密的表情。

关于才次郎生理上的疑问，最近在邻居间传得特别厉害。因为有个女人看见才次郎进了附近一家妇产科医院。

那家医院离他们住的地方很远，看到才次郎的人碰巧在那附近有事，于是亲眼看到才次郎从自己面前走进那家医院。

因为才次郎的长相非常有特点，所以绝对不会被认错。当时正好是傍晚，看到才次郎的人觉得很奇怪，因为不应该在那种地方看到他。因为不是需要打招呼的关系，所以她躲在行人中跟着才次郎，看他到底要去哪里。

结果没想到她看到才次郎走到一家妇产科医院门口，左右张望了一番，觉得没异样后，疾步走入医院大门。

向大家说起这件事的女人后来还跟了上去，看到才次郎确实走在医院院内的石子路上，朝接待处走去。

男人怎么可能去妇产科医院看病？

有了这段传闻，加上之前大家对才次郎生理缺陷的猜测，有人提出："也许才次郎打算变成女人。"

此话一出，大家都来了劲儿。也有人提出否定观点，觉得才次郎去那家医院是为了做个彻底的男人。因为变成女人后，就得辞去现在的工作，那样的话就会没有收入。

五

这一天，是事件发生的十二月二十日。

生驹才次郎五点离开位于丸之内的工作地点××银行。"今天要去趟登户。"他对部下如是说。

登户位于东京西郊，靠近多摩川。准确地说，这个地方属于神奈川县川崎市。从丸之内出发，需要坐一个小时的电车。

"真难得，您去那里有什么事吗？"部下问。

"我最近认识一个朋友，他有很多藏画。我去他那里看珍品。"才次郎如是说。

才次郎到达登户的时候是六点半左右，在朋友家里逗留了四十分钟。

朋友给他看的据说是狩野永德①的华丽挂轴。这种浓郁的桃山时期的风格最适合才次郎这样的鉴赏家。才次郎也确实看得非常感动。

离开朋友家后,才次郎去登户邮局给家里发电报。因为当时从登户到东京还没有开通电话。

电报是发给他姐姐桃世的,内容为:"今晚十点接桥村后回家。才。"

桥村是才次郎的朋友,两三天前以信件方式告诉他说要从名古屋来东京,还在信里写了到达的时间。

才次郎如果事先没说却要晚归,必定会给家里打电话。但在登户没法打电话到东京,所以他选择了发电报。

之后,才次郎接到了乘坐快车、于晚上九点四十分到达新桥站的桥村。

桥村是才次郎高中时候的朋友,现在在名古屋经营杂货店,已经很久没来东京了。

"好久不见!"

"好久不见!"

两人互相搭着肩膀,一起走出车站。"今晚住我家吧?"才次郎说。

---

① 狩野永德(1543—1590),日本画家,名州信,通称源四郎。代表作有《唐狮子》《桧图》《洛中洛外图》等。

"嗯，就按你说的，今晚要打扰你们了。"

"谢谢你不嫌弃。"

"大家都还好吧？"之前桥村也来才次郎家里住过，那时候桥村见过桃世和阿染。他所说的大家就是指这两人。

"都蛮好的。"才次郎的神情稍微有些害羞，"姐姐们一直都很精神。"

"那就好，亲人健在就是好事。"

"你吃过饭了吗？"才次郎问。

"在火车上吃过了。"

"是嘛。我今天犯傻了，忘了你要来。突然想起来，赶紧给家里打了电报，但估计她们都没来得及准备什么。"

"没事的，这种小事不用放在心上。"

"明天带你去一家我常去的饭店，请你吃顿好的。"两人走出车站，坐上出租车。

从新桥站到位于麻布T坂的才次郎家，坐出租车二十分钟就能到。两人到家时是十点。

"我打过电报，姐姐应该醒着在等我们。"

院子的门确实开着。但才次郎进入玄关后说："好奇怪，怎么没人出来。不会是睡了吧？"

客人桥村一边解鞋带一边客客气气地说："没事。"

房子里只有前厅和走廊亮着灯,其他房间一片漆黑。

才次郎先走进屋里,嘟囔道:"不会真的睡了吧?"说着,他走到八张榻榻米大的主卧门口。这是桃世专用的房间。纸门关着,里面一片漆黑。

"姐姐,姐姐。"才次郎唤道。他仔细去听,但里面没有任何声音。

"姐姐,桥村来了。"他试着提高音量,但依然无人回答。"姐姐,快起来,有客人。我开门了。"他说着把纸门拉开。进屋后打开灯,发现被褥已经铺好,桃世却不见踪影。"难道是去洗手间了?"才次郎继续嘟囔。

这期间,客人一直在走廊上等着。

才次郎回到桥村所站的地方。"抱歉,快进来吧。"他打开一旁的房门,整栋家里只有这里是西式的,是六张榻榻米大的客厅。才次郎打开灯,两人坐在椅子上。

"我姐姐应该过会儿就回来。"才次郎说着点燃一支烟。但直到快抽完,走廊里依然没有传来脚步声。

"真没办法。"才次郎站起身来。

"算了。估计已经睡了吧?今天已经很晚了,明天早上再去叫你姐姐吧?"

"不行。"才次郎来到走廊上,再次走进那间八张榻榻米大的主卧,却发现姐姐依然不在。

他又打开隔壁的房门,这是六张榻榻米大的房间,里面放着衣柜。打开这间屋子的灯,才次郎表情大变。

他跑出房间,来到离得有些远的四张半榻榻米大的房间,猛地打开房门。

"姐姐!"这是阿染的房间。这个房间里也是一片黑,才次郎打开电灯。

只见阿染张着嘴,睡得正香。无意识中感到灯光刺眼,于是翻了个身。

"姐姐!不好了!"才次郎摇着被子里的阿染。阿染睁开眼,却依然睡眼惺忪,迷迷糊糊。

"家里遭贼了!快起来啊!"阿染一时间没明白过来,呆呆地看着才次郎。

"我姐姐去哪里了?哪儿都没看到她。"

"不可能吧?因为昨天睡太晚,今天我俩八点多就睡了。"阿染终于意识到问题的严重,脸色大变。

"衣柜被翻得乱七八糟,抽屉也全都被拉开,和服被扔得乱七八糟。"

"啊?"

"姐姐你完全没感觉?"

"我在睡觉呀。"阿染赶紧起床,一副不知所措的样子。

两人赶紧来到那个六张榻榻米大的房间。阿染见到里面的模样后,不由得愣在原地。

衣柜的抽屉全被拉出,桃世一件一件、仔仔细细用报纸包好的和服也全都被扯了出来,乱扔在地上,那些报纸更是散乱不已。

"哎呀!"阿染脸色苍白地说。

"怎么就没见到我姐姐呢?我马上报警。你赶紧在周围找找。"

六

警车到达后,两名警察把这个家里里外外搜了一遍。

结果,其中一个警察在手电筒的亮光下发现院子里的土有些异样。那个地方的土明显被人翻开后再盖上。

"这儿是什么时候变成这样的?"警察问才次郎。

"我现在才看到。今天早上出家门的时候肯定不是这种状态。"

警察点点头。其中一人马上打电话,另一个人则在生驹家外拉起警戒线。

警视厅派出增援,由总署署长带队赶来,警方从那片土里挖出了桃世的尸体。这时已是凌晨一点。

天亮后警方开始验尸，结果验明她是被勒死的。原本长相优雅的老太太被勒得满脸痛苦的表情，用来勒她的绳子深深地嵌入脖子里。因为被埋在土里，所以被挖出来的时候，那张优雅的脸已经变得全黑了。当警察们小心翼翼地将其从坑里抬出来时，突然惊吓得一下子扔掉了尸体，原来从老太太的怀里突然窜出几只蜥蜴。这让验尸的一行人也大惊失色，据说那些蜥蜴一直在土里贴着尸体的皮肤。

桃世身上穿着睡衣。警方初步判断死亡时间是昨晚，即二十日的九点前后。这与之后的解剖结果基本一致。

还有另一个重要线索帮助警方确定了桃世的死亡时间。当晚九点十分，管辖区内的A邮局曾打过电话给桃世，告诉她一封电报的内容。当时负责的邮局工作人员作出如下证供：

"电报是七点二十分从登户邮局发出的。我们有电报内容的副本。"邮局工作人员把电报拿给警方看，上面写着："今晚十点接桥村后回家。才。"

警察问邮局工作人员："是谁接的电话？"

"电话里的声音听起来很嘶哑。我问：'是生驹桃世女士吗？'电话那头说：'我就是。'然后我把电报的受理编号和发报时间、发报场所作了说明，把电报内容读了一遍。之后，那个嘶哑的声音说'谢谢'，然后挂断了电话。"

邮局的记录上确实写着："晚九点十分已联络。"

而且警方还找到证据，可以证实这种说法——在桃世房间里找到了记录电报内容的便笺纸。便笺纸上的字迹确实是桃世的。她生前就写得一手好字，优雅得让人见字如见人。虽然是用铅笔写的，但足以证明邮局工作人员的证词。而且便笺纸上的记录不是幼童般的纯假名书写，而是有教养之人才会使用的汉字与假名相间的写法。

"这封电报是你发的吗？"警察问才次郎。

"是的，是我七点二十分左右从登户邮局发给我姐姐的。"警方还向登户邮局了解情况，找到存根，证明才次郎确实在七点二十分左右发过电报。

警方由此确认被害人桃世在九点十分时还活着。虽然邮局的工作人员只是在电话里听到她的声音，但确实有她本人写下的电报内容，所以应该无误。

才次郎对他自己当晚的行动如此描述——

五点三十分，他从银行出发，六点半左右到达登户的朋友家，一直在那里看画看到七点多。然后突然想起当晚朋友桥村会坐九点四十分的车到达东京，于是去登户邮局发了那封电报。因为从登户到东京没通电话，所以他作了这样的选择。之后，他立刻赶往新宿，车上时间大约三十分钟。八点左右到达新宿，在街上散了一小会儿步。

走得肚子饿了，他在武藏野馆附近的大众食堂吃了咖喱。之后坐地铁到达新桥站，当时是九点三十分。他买了张站票进站，接到了九点四十分到站的朋友。

警方对当晚睡在家里的被害人弟媳阿染也进行了调查。虽然桃世与阿染的房间相隔甚远，但如果有贼进来乱翻，不至于不知道。警方询问的重点也在于此。

"我和姐姐八点左右就上床了。最近睡得都挺早。前一天我时隔好久去看了场电影，回来后吃了我买回来的小点心，三个人聊到半夜一点。姐姐前一晚心情特别好，所以今晚睡得特别早。被才次郎叫醒的时候，我真的什么都不知道。"

这起事件有以下特征：

和服从衣橱里被人拉出来，用来包和服的报纸全都被撕烂、乱扔在房间里，还有好几件被扔在院子里。

用来挖土的是放在这家储物间里的铁锹。但衣橱和铁锹上都没有查到指纹，警方估计凶手是戴着手套作案的。

如果是偷盗，应该不会把值钱的和服扔在院子里，还费事地埋了死者，所以警方判断是仇杀。

当天晚上，才次郎还没回家的时候，外院的门确实是开着的。经过仔细调查，警方发现防雨门板有被打开过的痕迹，说明凶手是在客厅杀死桃世后，将其从防雨门板这里拖至院子。防雨门板的内侧有明显的拖拽痕迹。

这样一来，结论就变得简单——当晚自称一直在睡觉的阿染的供词不足为信。

警方向周围邻居展开调查走访，了解到桃世和阿染不只是关系不好，桃世还经常虐待阿染，所以警方认为阿染应该非常憎恨桃世。

把桃世生前用报纸小心翼翼包起来的和服全都从衣橱里拉出来，还将其中的三四件故意扔在院子里，由此可知凶手对桃世心怀憎恨。保姆村上光子证明阿染虽然已经五十七岁，但力气很大。

被害人桃世很瘦，很轻。所以说阿染勒死桃世再从房间里拖到院子里，完全有可能。

另外，警方已经确认村上光子当晚的不在场证明。

七

在搜查会议上，很多人提出，这么大动静的作案过程，阿染说她一直睡着不知道，这一点很不合理。而且大家一致认为，凶手是这家的内部人员。阿染有充足的动机杀死桃世。村上光子和邻居们也都能证明，桃世生前就很害怕阿染会下毒害死她。当晚阿染应该知道才次郎十点以前不会到家。桃世接到邮局电话、听写电报内容是九点十分，所以凶案应该发生在那之后。

另一方面，警方对于才次郎的说辞也展开了一番调查。

桃世九点十分接到邮局打来的电话，将电报内容听写下来，这证明至少在这个时候她还活着。所以才次郎在这个时间之前的行动应该都不是问题。但警方仍对此进行了一番梳理。

才次郎当天傍晚五点半从位于丸之内的银行出发前往登户，七点十分为止一直都在朋友家。问题是之后，他自称立刻去了新宿，然后散步、吃饭，接着去新桥站接了九点四十分到站的朋友。

九点四十分见到朋友桥村后，才次郎和他一起回了自己家，然后看到案发现场。这些都不成问题，因为有桥村这个证人。但从七点二十分在登户邮局发电报到九点四十分见到友人之间的时间里，没人可以证明他到底做了什么。

其间约有两小时二十分钟。不过，从登户站到位于小田急的新宿站需要四十分钟（一般情况），从新宿站再坐地铁到新桥需要二十分钟（包括在赤坂见的换乘时间），加起来大概需要一个小时。

这么一来，才次郎在新宿散步、吃饭的时间就是剩下的一小时二十分钟。

警方去武藏野馆附近的大众食堂了解情况，发现那里每天都有很多人进出，没办法找到谁能证明才次郎真的去过。另外，才次郎说他在新宿街头散步，但没有遇到任何熟人。

然而，桃世听到电报是在九点十分，距离才次郎九点四十分接到朋友，中间有三十分钟。

如果桃世接完邮局电话后，才次郎回到家中将她勒死，然后再赶往新桥站，结果会怎样？

答案是：绝对不可能。因为从麻布T坂到新桥站，坐车最快也需要十五分钟。

而且桃世被杀后，她的尸体被埋进土里；用来包和服的报纸也全都被撕开，做这些动作至少需要一个小时。九点十分到九点四十分之间的三十分钟内不足以完成这些举动。

然无论警方对才次郎如何怀疑，桃世九点十分听写电报内容都是一个雷打不动的事实。换言之，她在九点十分之前还活着，在这之前的时间段内，无论才次郎做过什么都应该没有问题。虽然九点十分到九点四十分之间确实存在空白。

阿染在接受警方调查时虽然承认了自己对桃世的愤恨，但对于罪行完全否认。警方从阿染否认时的样子判断，她的嫌疑应该很小。这是警方的直觉，但应该没错。

如此一来，剩下的嫌疑人只可能是才次郎。

才次郎虽然会和姐姐吵架，但平日里大家都说他们姐弟俩的感情很好。附近的邻居和保姆村上光子都能证明。才次郎没有杀害亲姐姐桃世的动机。

然而突然，警方想到一个疑点。

阿染在案发前一天，也就是十九日的晚上去看过电影。

"十九日晚，才次郎给了我零花钱，叫我去看一场电影。我七点左右出门，去了位于麻布十番的电影院，十点半左右回到家。"阿染如此陈述道。

为何才次郎要叫阿染去看电影？这天晚上，据说三个人一直聊天到半夜一点，所以阿染才会在第二天晚上很早上床。阿染也坚称是因为这个原因导致睡得太沉,以至于完全不知道凶手行凶的情况。警方问才次郎的时候,他回答说:"嫂子一直被我姐姐欺负,我觉得她太可怜,所以让她去看看电影。每年总会有两三次类似的情况。"

另一方面,从名古屋来到东京的才次郎朋友桥村说,他几天前就已经确定赴京日期并告诉过才次郎,所以才次郎才会去车站接他。

但才次郎说他当天忘了,所以去了登户的朋友家,这一点让警方觉得非常可疑。明明桥村早就写过信告知,而才次郎自己也有意让朋友留宿在自己家中,这与忘记他要来的说法很不一致。

警方对案发前一晚才次郎为何要让阿染去看电影这一点非常在意。

于是警方调查了才次郎十九日的行踪,发现他在晚上八点到家后一直在家。据说当天他很少见地在银行工作到很晚才回家,换言之,十九日晚上七点到八点之间,只有桃世一个人在生驹家。

警方拼命思考,终于看破了才次郎的诡计。

二十日晚上九点十分,桃世听写下电报内容——这唯一的证据来自邮局工作人员听到的电话里的嘶哑声音，还有桃世亲笔写下的便笺纸。便笺纸上的字迹就像桃世辉煌的前半生履历一样，优美的汉字与假名相间。这是别人无法伪造的笔迹，绝对是她本人写下的字迹。

如此看来，桃世听写下电报内容的时间应该是在二十日下午九点十分左右。然而，这也可能是在前一天十九日的七点到八点之间写下的。便笺纸上只写了电报内容，没有日期和时间，也没有邮局的名字。通常听写电报内容时只会记录正文，所以一开始谁都没注意到这个细节。

这样就能给人造成一种错觉，明明是十九日听写下的内容，却让人以为是二十日九点十分写下的。警方认为绝对存在这种可能。

换言之，才次郎十九日给阿染钱让她去看电影，而他自己则在七点到八点之间从银行打电话回自己家。当时家里只有桃世一个人。他可以假称："这里是电报局，有一份电报发给您。请作好记录。电报内容是：今晚十点接桥村后回家。才。"

桃世按照电话里说的作好记录。

然后才次郎八点回到家，桃世见到十点前就回来的才次郎一定很吃惊。但才次郎可以骗姐姐说接到朋友从名古屋发来的联络，说推迟一天再来，然后悄悄地把桃世写的便笺纸藏起来。

才次郎究竟是什么时候杀害桃世的？

警方通过调查，计算出详细的作案时间。

才次郎五点三十分从位于丸之内的银行下班。六点三十分到达登户。七点十分离开登户的朋友家。七点二十分打电报。七点四十分到达下北泽。在车站前乘坐出租车，三十分钟后回到T坂。八点到达自己家后立刻将桃世勒死，然后在院子里挖土，再把尸体从屋子里拖出来埋进土里。接着打开衣橱，把和服一件件抽出来，撕掉外面包着的报纸，再把三四件和服扔到院子里。做完这些动作需要将近一个小时。九点十分，电话铃响。才次郎用嘶哑的声音自称桃世，假装听写电报内容。他事先肯定做过调查，知道七点二十分从登户邮局发出电报几个小时后会由电报局打电话通知收件人。他把桃世前一天写的便笺纸拿出来放在家中，然后离开。警方估计他从自家出发的时间是九点十五分到二十分之间。到达新桥站是九点三十五分。九点四十分接到桥村，之后两人一起回家……

对于上述推论，警方还找到了确凿的证据。

警方听邻居说有人看到生驹才次郎去过妇产科医院。

警方立刻走访该医院，见到了医生，并因此掌握了充分的证据。

才次郎终于不得不坦白，作案过程与警方推测的一样。关于其他疑问，他是这么说的——

"最近我交了个女朋友。知道她怀孕后，我立刻带她去那家医院做了人流。因为担心她的身体，我下班后去医院看她。

"只要我姐姐还活着，我就没法和那个女人结婚。之前一直阻挠我亲事的就是我姐姐。只要她还活着，我这辈子就不可能结婚。

"那个女人非常爱我。我已经五十出头，想要拥有自己的人生。但就算我和我姐姐商量，她也一定不会同意。我姐姐不希望我结婚，一直阻挠我的亲事。你们也知道，我姐姐是那种脾气的人，所以就算我强行把那个女人带回家，她们也不可能好好相处。我不知道我姐姐还要活多久。我再也等不下去了。只要没有我姐姐，我就能抓住最后的幸福。

"得知名古屋的朋友桥村要来东京，我觉得这是一个好机会。我想好了让他做我的证人——杀死我姐姐的时候可以利用他确保我的不在场证明。换言之，收到桥村要来东京的消息时，我就已经开始了我的计划。

"就像你们推测的那样，十九日晚，我打发嫂子外出，然后打电话回家，让我姐姐记录下那段电报内容。我事先确实调查过从登户发出电报几个小时之后会有电报局打电话联系。我算好了所有的时间。那天晚上，我趁嫂子不在家的时候给家里打了电话，但回家后，却告诉我姐姐说桥村会晚一天再来。我就是在那时候拿了我姐姐写的便笺纸。我还拜托姐姐不要告诉嫂子打电报的事。本来我姐姐就瞧不起我嫂子，所以嫂子看电影回来后，我姐姐也没提起这事儿。

"二十日晚作案后，我把姐姐前一天写的便笺纸放在桌上。我姐姐的笔迹很有特点，没人能模仿，这样就能让人以为她当晚九点十分还活着。

"我把包和服的报纸全都撕掉，再把姐姐的尸体埋到土里，花了一个小时，这也是我的计划之一。

"我希望大家都坚信我姐姐在接到电报的九点十分还活着。这样一来，大家就会以为我不可能在作案后还有时间赶往新桥站。勒死她只需要五到十分钟，但埋尸体之类的其他事至少需要一小时，我希望让人以为这样我就没有作案时间。另外，我还希望警方一眼就发现是内部人员作案，这样就能嫁祸给我嫂子。大家都知道她对我姐姐抱有的怨恨足以让人联想到她有杀人动机。

"另外，嫂子每天傍晚都会头疼，有服用止疼药的习惯,所以我在二十日早上悄悄地把她的药换成了安眠药。结果嫂子确实如我所料,傍晚吃完药,然后一直熟睡不醒。"

警方问才次郎为什么他姐姐一直要阻挠他结婚,才次郎选择沉默。然而,警方听取了村上光子等人的证词后,猜测这对姐弟从年轻时起可能一直保持乱伦关系。

才次郎对此面红耳赤,不予作答。

远距离的女囚

一

我在纸质粗劣的便笺纸上用铅笔写下这篇文章。因为光线微弱,所以字迹看起来很不清楚。

昨天,我去图书室打扫,发现来了一批新杂志。随手翻了翻,突然,一张人物照片吸引住我的眼球,令我差点儿"啊"地叫出声来。突然而至的激动情绪让我觉得眼前的世界都在晃动。

那是介绍新书的专栏里的照片,照片下面写着"书斋·藤川英夫氏"。

你的脸和当年一样,一点儿没变。宽额头,浓眉毛,标志性的紧致嘴角,这与我梦里所见的容颜分毫不差。只是你的头发看起来有些稀少,不知是铜板照片像素太低的缘故,还是十五年岁月流逝所致。

一瞬间,我知悉了这么多。本想再仔细看看照片上的你,却身体颤抖得连眼神都没法对焦。

杂志上刊登的是关于《日本原始社会起源论》的书

评，那是你最新出版的著作。旁边还附有一段小字，是作者简介。

藤川英夫，大正二年[①]生于神奈川县。大学毕业。继承了已故石井琢一的衣钵。现任××大学教授。在考古学研究方面已出版多部著作。

我很庆幸周围没旁人。我偷偷地从杂志上撕下这一页，塞到怀里，等打扫结束后带了出来。被我们叫作"老师"的女看守一直站在走廊里，所以我没被她发现。

这天晚上，我抱着那张杂志上的照片进入梦乡，就好像时隔十五年再次见到你。我心里五味杂陈，彻夜难眠。我忘不了你拿掉枕头、用手臂给我当枕头的日子，忘不了在你怀里总能感受到的厚实胸膛和像吃过韭菜一样微微的口臭。这就是所谓的官能记忆，是关于你、我的丈夫的记忆。我至今仍把你当作我的丈夫。我们之间只是距离远了。

"喂——"

熄灯后，寺冈澄子在黑暗中轻轻呼唤我，并悄悄地

---

① 指1913年。

把脚伸过来。这个女人每晚都这样，每晚都要钻到我的被子里来。她是个诈骗犯，今年二十四岁，长着一张少女般的脸。她和我在同一个车间缝制劳动手套，性子很暴躁，经常和其他因犯吵架，但她很喜欢我。

这天晚上，我拒绝了寺冈澄子，因为我想一个人抱着你的照片睡。

"不行。"

被我无情拒绝的澄子"哼"了一声，在我腿边纠缠了很久，最后还是放弃，回了自己的被窝。这里的被子很薄。也许是为了避免因犯在视觉上受到刺激，这里选用的全是白色被套。

六张榻榻米大的房间里睡了五个人。一个盗窃犯、两个诈骗犯、一个纵火犯和一个抢劫犯。两个诈骗犯里一个是澄子，另一个就是我。我的刑期是两年。

现在，我身处于你遥不可及的地方。我是多么地仰慕你，却永远无法得到你。这是你我之间永远的距离。

在这间女子监狱里，还有被判无期徒刑的犯人，是个老太太，她有一头美如蚕丝的银发，面容也很优雅，皮肤白皙，整天静静地做刺绣活儿。当柔和的光线照到她的时候，感觉她的皮肤好像白瓷一般。

她的罪名是纵火杀人抢劫。据说她杀死了一个相识的单身老太太，抢走对方的钱财之后，为了毁尸灭迹而放了火。估计她要在这儿做刺绣做到死了吧？我也想过，要是我也和她一样一辈子待在这里会怎样？顺便说一句，这里有两百名女囚犯，地处偏僻，从东京需要坐二十六个小时的火车才能到达。这里关押的最多的是三十岁到四十岁的罪犯。女人在这个年纪，一旦沉溺于某事就容易发生悲剧。根据监狱长的统计，因盗窃入狱的占56%，诈骗的占18%，非法持有毒品的占8%，杀人的占4%，纵火的占3%，抢劫的占1.6%。我就是那18%里的一个。

那篇书评里全是对你的溢美之词。其中如此写道：

作者为怀才不遇的已故考古学家石井琢一的嫡传弟子。石井被主流学界认为是异己分子，其原创的论文全都被正统学派拒之门外，于是他自己创办东京古代学会进行反抗，并因此出名。石井桀骜不驯，开口闭口都是对得到政府支持的官方学派的痛骂。事实上，据说将石井默默封杀的学者们内心对其是有所畏惧的。石井培养出了众多年轻学者，本书作者就是其中之一。虽说石井的学问已经过时，但讽刺的是，今日考古学的进步离不开石井的存在。石井被称为"考古学之鬼"，接受了石井指导的作者如今在××大学担任考古学教授，其风头早已盖过其他老牌专家，这正是他的实力所致。本书即体现了这一实力。在考古学今后的新方向上，作者已然走在学科的最前沿……

你终于成功了吗？恭喜你！我曾经有一段时间憎恨过的石井老师如果地下有灵，应该也会为你高兴。我都快哭了。

你越了不起，与我的距离就越远。但这正合我意，因为这样一来，我终于可以继续爱你。

二

我从东京一所著名的女子学校毕业后的第二年，初次见到了你。在此之前，有两个女儿的父亲考虑为我招赘女婿。我还没毕业的时候他就到处托人帮我说媒，毕业那年托的人更多，但都没有合我意的，我父亲骂我太任性。但到了和你相亲的时候，我对你一见倾心。虽然有人笑你太有古风、太老派，但我自认就是个有古风的女子。自那以后，我再也无法忘记你。

本来，父亲只是为了应付一下熟人的介绍才让我与你见面，而且他本以为我肯定会拒绝。所以当我告诉他我很中意时，他一下子变得很狼狈，反而提出反对意见。经营一家大型印刷公司的父亲本来想找一个前途无量、能对他的生意有帮助的女婿。在他眼里，我也就剩下这么点儿价值吧。你当时刚刚从××大学毕业，父母也没什么财产，听说你的兴趣爱好很特别，喜欢挖土、收集破旧的器皿碎片或石头。见面之前说你前途无量，其实只是媒人的说辞。

我至今还记得第一眼见到你宽阔的、充满哲学智慧的额头和深邃的眼睛时，呼吸就急促了。之前从未有过这种经历。我当时就认定你是值得我信赖的丈夫。事后也证明我的感觉完全没错，我对自己的直觉很有信心。

父亲从没见过我那样坚决的态度。

"没想到你会那么说，居然会一见钟情？"他不情愿地说，"让你去相这次亲是我的失策。但既然你如此坚持，我也没办法。那就招他入赘吧。"

现在想来，如果当时父亲坚持反对，也许我们彼此都不会那么不幸。我们的婚姻给你造成了很多麻烦，但我终于可以叫你一声"亲爱的"了。

我真的很开心。

婚宴在大势东京会馆举行，是父亲一手操办的，既豪华又隆重，来了他在生意上的很多老板朋友。这场婚宴让父亲心情大好。但你不以为然，始终紧锁眉头，沉默不语。那是我第一次意识到你和我父亲合不来。

新婚旅行选在关西。当欢送我们的大队人马离开后，火车驶离东京站的那一刹那，你嘴里吐出一句："愚蠢！"发现我一脸吃惊之后，你赶紧解释说："抱歉，不是说你。"

过了一会儿，你有些为难地开口说："其实我不想去京都。"

我再一次吃惊不已，因为新婚旅行的行程早已事先确定。到达京都后的第一晚，我们应该入住古都酒店，酒店也早已全都预定好。

"如果你不想去，那我也不去了。"我回答说。

你如释重负地对我说："谢谢。我其实想去奈良县。"

你说的不是"奈良"而是"奈良县"，这让我明白，你要去的不是作为名胜景点的"奈良"，而是奈良的乡下。然后你在火车上发电报，把预定的古都酒店、奈良酒店、新大阪酒店等全都取消。

那晚，我们原本应该在京都度过，结果却去了奈良乡下的一家名叫"田原本"的冷冷清清的农村小旅馆。和一流酒店相比，这里简直就是茅舍。新婚旅行的第一夜住在这种地方，我的心头袭上阵阵寂寞。而你因为这次行程的变更而开心不已，躺到床上睡得像个天真无邪的小学生。

第二天对我来说又是一次意料之外。你带着我走在田间小路上，一个又一个地走访村庄与部落，还去了附近的小学和中学，去看陈列在那里的出土文物。你甚至借来工具，自己去遗址挖掘、勘测、制图，一个人忙得不亦乐乎。第三天、第四天，天天如此。你把我这个茫然的新娘完全冷落在一边。事后我才知道你去过的那些地方的名字：矶城郡唐古遗址、山边郡岩室遗址、高市郡中曾司遗址……

"来都来了，顺便再走远些吧。"

第三天，我们去了三轮山。据说山脚下也有遗址。

当时我的心情很低落，索性不抱任何希望地开始眺望周围的景色。

看着三轮山，我想到了《万叶集》里的那句"云若有情莫遮挡，最后所见三轮山"。这是额田王在前往遥远的近江途中看到奈良山，想到自己不得不因为迁都而离开故乡时所咏的和歌。看到我因为寂寞而心情低落，你拍拍我的肩膀笑着问："怎么了？"当时，你另一只手里提着一个袋子，里面装满了陶器和石器的碎片。收获颇丰的你看起来心情非常好。

我当时满心难过，真的很想问你：对你而言，我算什么？

三

我也不知道那是在哪里。回去的路上，我们经过一间杂货铺，因为口渴，买了苏打水。

杂货店里屋有个积了白蒙蒙一层灰的架子，架子上摆放着莲花纹的古瓦碎片，你对着那个架子望了很久。

"我想一辈子都做和考古相关的事。"

突然，你对身旁的我说。也许你发现了我一路上都很寂寞。

"从这一点来说，入赘到你们家也许是个错误。但我第一次见到你的时候就想和你结婚。也许是我一厢情愿，我想同时兼顾学问和家庭。换言之，作为入赘女婿，我会帮忙父亲的生意，但我还是想继续我的研究。我相信只要有决心，世上无难事。"

因为你的这句话，我的心中燃起星星之火。因为感动，我一时语塞。

"请你原谅我的任性。我这辈子都不会离开考古学和你。"当时杂货铺的老板娘正在喂鸡。

我至今都记得老板娘当时一脸莫名其妙，而她之所以会有那种表情，是因为她看到我笑得热泪盈眶。

那天晚上，我给了你我的回应，倾尽全力地回应了你，甚至到了忘我的程度。现在想来，当时没有用言语回应你挺好的。

那一夜，我们成了真正的夫妻，感觉暂时离开了现实世界。我们互相发誓这辈子都不分开。我相信你说的话。当时，我的内心好像被点了一把火，完全没想过未来会怀疑什么。

然而，回到东京后，父亲因为我们擅自取消既定的行程安排而光火。

"这才几天！就开始自说自话了！"

他比我预想的还要愤怒。无论在公司还是家里，父亲是绝对的一家之主。已故的母亲曾经对他唯命是从，我和妹妹都是在父亲的威严下长大的。但也不能说他不爱我们，因为母亲死后，他并没有把之前就一直包养着的情妇娶进门，至少表面上没有再婚。他就像个将军似的，无论在公司还是在家里，所有人都必须对他俯首称臣。我们的新婚旅行居然没有听从他的安排，这让他觉得非常意外而又遗憾。

被父亲训斥后，你道歉说："对不起。"但你没说理由，只是真诚地低下头。我知道你那么做是为了不让我担心。

然而，父亲却对我说："不了解英夫的本性之前，我不会让他入我们家户籍。"我父亲就是这样的人。

之后的一段时间里，你去了父亲的公司，开始用心地学做生意。除了每晚都要做考古学的研究，你的其他事情都挺让我父亲满意。

"商人不需要做什么学问，当作兴趣爱好就行。太投入做学问的话，会影响做生意。"

那天你不在家，父亲来到我们的房间，看到满桌子研究用的书、报告书、放在架子上复原的陶器、整理在箱子里的石器和陶器的碎片时，对我说了上述那番话，他希望由我转告你。

然而，看到你从印刷公司回来后终于可以做自己喜欢的研究时那种神采奕奕的模样，我实在没法对你说出口。我觉得你是因为爱我才入赘我们家做不喜欢做的工作，单是这样，我已经觉得对你感激不已。我一直在祈祷你和我父亲之间能够相安无事，我能和你继续幸福地生活。但这终究成了一个无法实现的奢望。最终让我们分开的，与其说是考古学，不如说是你的恩师石井老师。我这么说应该不过分吧？

一天，你比平时早下班回家，欢欣雀跃地对我说："刚才石井老师给我打电话，让我现在就过去。"

说完，你就匆匆忙忙地出了门。那天夜里，十一点过后，我依然不睡，等你回来。半夜一点，当我正在担心的时候，见你兴奋不已地回到家中。

"今晚我和石井老师聊得非常尽兴，我这样下去真的不行。我得好好地认真做研究。"

你对我说完，马上坐到书桌前。我看到你劲头十足，惴惴不安地问石井老师是谁。

"是个伟人！是大力推进日本考古学的了不起的人物！他是天才！却被当下的考古学界冷遇。因为老师太厉害了，所以大家都嫉妒他；因为害怕，所以故意排挤他。"

之后，你继续自豪地向我滔滔不绝，反复强调石井老师有多厉害，还意气风发地说道："我由衷地想继续做石井老师的弟子。"

四

那一夜与石井老师见面后，你对学问的热情一下子点燃了。之前你只是每天做研究到很晚，但自那以后，你经常在书桌前熬夜到凌晨两三点。

"你先睡吧。"

你说完，继续忘乎所以地埋头做研究，过了一会儿，你发现我还醒着，就像打发人似的说："咦，你怎么还醒着？快去睡。"

我不想打扰你的研究，所以小心翼翼地不发出声音，蹑手蹑脚地给你煮咖啡，准备夜宵。

当时你说："抱歉，我每晚都得这样。你不用管我，对身体不好，快去睡吧。"你说这话的模样就像一个准备入学考试的中学生对妈妈说话一样。那时候我真心觉得你很善良，真的是个好人。

然而，新婚燕尔，你就这样总是让我独守空床，这一点我是心有不满的。自从我们在一起之后，别说去电影院或去看戏，我们甚至没有一起牵手并肩散过步，也从没在房间里度过愉快的二人世界。你每晚都说要学习、要研究，一心扑在学问上，每天都在书桌前熬夜到天亮，之后就累得像坨烂泥似的睡在床上。有时候，你因为太过疲劳，睡着的时候眼角还会渗出泪水。这种时候，我也只能忍着什么都不说。

那时候的你就和新婚旅行时取消酒店预订、带着我去奈良乡下看遗址的时候一样,总是把我丢在一边。

但我非常爱你。因为爱你,所以我觉得自己那么想是我不够体贴,而且我很尊敬你。然而,我父亲却越来越看不下去。"每天熬夜到那么晚,白天来公司的时候根本没法好好上班。"说着还满嘴骂骂咧咧。

如果只是熬夜倒也算了,但你之后说要去遗址挖掘,做调查,随便找了个理由不去上班,而且每次一走就是五六天。我父亲终于忍不住把你叫到他的房间训了你一通。

"无论你父亲怎么生气,我都不会停止我的研究,也不会离开石井老师。"你强忍住激动的心情,用嘶哑的声音颤抖着对我说。

父亲从小就对我们很严格,是一种可怕的存在。也许你会怪我没出息,但我真的没勇气为了你去顶撞我父亲。过世的母亲和比我小五岁的妹妹也都是如此。我夹在你和父亲之间,每天都过得提心吊胆。

因为想要见识一下被你视作至尊的石井老师到底是何方神圣,所以我拜托你让我作为妻子去问候老师。你听后乐滋滋地说:"好啊,你确实应该拜望一下。"对于如此深得你心的石井老师,我心里是有些怨恨的。

五天后的傍晚时分,你从公司回来后着急地对我说,"快!马上准备一下,现在带你去见老师。"你当时就像是在朝我吼。我赶紧从衣橱里拿出衣服,匆匆化完妆,就被你拉了出去。

我至今都没忘记那时候我们两人如何一起坐电车、并肩走到约好见面的咖啡馆。我当时非常高兴,虽然只有不到四十分钟的车程,却感到无比喜悦。我是个寂寞的女人。

我们到的时候,石井老师已经坐在咖啡馆的一角。他的年纪在四十岁上下,颧骨突出,长脸、薄嘴唇,眼睛细长,精干的三白眼闪着锐利的目光。一看到我们走进咖啡馆,他立刻用拐杖重重地敲击地面:"喂!你!"同时大声叫在另一边的服务员,傲然地命令道:"上三杯咖啡!"

用"傲然"这个词形容石井老师真的非常贴切。不知是长久以来对主流学术界的激烈反抗让他变成这种性情,还是其内心如火不服输的热情将他燃烧成这副模样,有人说那是一种"故弄玄虚、装腔作势",但我觉得一般人真装不出他那股慑人的气魄。

你向老师介绍说"这是我妻子"。我郑重地向他点头致意。老师说了声"哦"。微微点点头,之后便再也不看我一眼,马上和你滔滔不绝地聊起学术上的事情。我根本听不懂他在说什么。他抑扬顿挫、从嘴里冒出一个个晦涩难懂的专业术语的模样真像是中了邪。而你也好像被他传染了似的,听得如痴如醉。你们似乎完全忘记周围还有别的客人,一口气没停过,讲了几乎两个小时。店里的其他人都一脸介意地皱眉看着你们。我记得自己一直瑟缩在一边。

老师从头到尾讲的都是学术话题,没有半句家长里短。让我领教到这就是传说中的"考古学之鬼"。

"太精彩了!你说是吧?老师太厉害了!"回来的路上,你好像被施了咒,反反复复地说着同样的话。

五

那天夜里,你轻声对我说:"你的那个戒指能不能给我?"你的语气有些哀怨。

"当然可以,我的就是你的。你要用就拿去。"我回答。

你稍稍低下头:"对不起,其实是老师主办的《古代学研究》出现严重赤字,快撑不下去了。之前一直是老师一个人出资在维持。我于心不忍,所以想用你的戒指换成钱给他。"

你还热情地向我介绍,《古代学杂志》作为一本非主流的考古学杂志,为学术界注入了清新的空气,刺激并推进了当下考古学的发展。

能为你所用,我当然也很高兴,于是把两枚钻戒全都给了你。那是我父亲以前买给我的。

"一个就够了。"你说。

"我不需要这些东西。等你有出息了,再给我买三个更大的就行。不用客气,拿去帮老师吧。"我把戒指塞给你。

"对不住了。"你流下眼泪。我也喜极而泣。

那时候,我根本没想到这会成为我们分别的理由之一。之后,你拜托父亲印刷《古代学研究》,却和他起了冲突。

石井老师和杂志的同仁找到你这个"印刷公司的女婿",以为多少能够节约些印刷费。

但我父亲平时就看不惯你热衷考古学的模样,所以报价的时候一分钱都没便宜。

"我开印刷厂是用来赚钱的,不可能做亏本买卖。"这是父亲的理由,其实他就是看你搞学术不顺眼。

"你父亲太过分了!他把我当什么了?"你愤慨地说道。

我也觉得父亲有些过分,于是为了你去找他理论,但他说："这是生意上的事，你不懂。"还瞪着我，生气地说，"给你找了这种傻女婿是我的过失，但你自己也别总拿热脸贴他。"

我无助地对你说："你忍耐一下，好吗？我父亲就是那样的脾气。忍一忍就好了。印刷费不够的话，我把和服卖了贴给你。"

你看着我温柔地说："你别担心。"你紧紧地抱住我。我当时还以为这件事会让我们夫妻的感情更进一步，为此，再苦再累我也愿意。然而，我没想到不久之后就迎来了我们最后的分别。

这天，父亲带着一如既往的怒颜当着我和你的面说："英夫那个什么石井老师是不是为了出名总是故弄玄虚，整个学术界都对其诟病不已？是△大学的寺冈老师告诉我的，他说的肯定没错。他说石井把年轻人召集起来，向他们灌输自己的想法，结果令年轻人前途尽毁。英夫以后不能再跟这种人来往。如果你坚持不离开石井，那我只能另作打算。"

听到这里，你脸色大变："寺冈博士说的？真愚蠢。那个人的嫉妒心特别强，把石井老师当成仇人。那种人一天到晚只会说胡话。"你抗议道。

"随便你怎么说，反正我也听不懂。比起没人待见的学者,我更相信名校△大学的教授。英夫,你好好考虑一下。"父亲说完转身离开。

△大学是父亲公司的大客户。寺冈博士在学界和政界都非常有势力,如果被这位教授看不顺眼,父亲的生意肯定会遭受重创。

父亲虽然叫你好好考虑一下,但还没等你回复,他就已经趁你不在的时候向我"宣判":

"上次我拒绝掉的那份杂志每个月都要出版,费用肯定不少。英夫很缺钱吧?"

我说我什么都不知道。父亲瞪着我,露出一贯的恐怖表情,突然命令我:"你现在就把我给你买的钻戒拿出来给我看。"父亲做生意的时候就很精明,直觉也很准。我开始发抖,因为担心已经瞒不下去了。

知晓一切的父亲气红了脸对我说:"你作好和他分手的准备。这种男人还是不要为好,我再给你找个好男人。"他还觉得自己有先见之明,得意地说,"我就猜到可能会有这种事,所以一直没让他入我们家的户籍。"

六

写到这里,我对你的抱歉就像刀子似的宰割着我的灵魂。为什么那时候我没有勇气？明明我那么爱你，却没有勇气对父亲说"不"。现在想来，追悔莫及的懊恼让我想像野兽一样嘶吼。

那一夜，你终于决定离开。你把我带到外面散步。我们之前几乎没怎么一起散过步，一想到那是最后一次，我就无比难过。我像丢了魂似的跟着你的影子，走在你身后。

那是一条昏暗的小路。不知道从哪里传来念经的声音，还有教训小孩的骂声。你和我一边茫然地听着这些声音，一边默默地走在路上。我心里堵得慌，一句话都说不出来。

你在一堵长长的墙壁前停下脚步。黑暗中，墙内飘来桂花的香气。

"你没法跟我一起离开吗？"你在黑暗中面对我，叹气地说道。我一时间没明白你的意思，但很快反应过来，立刻心跳加速。

"你不爱我吗？"

"我爱你，非常爱。你知道的。"

"我也爱你。而且我们是夫妻，如果你真的爱我，就跟我走。我们一起离开这个家。"

我这才明白你对我的爱有多么热烈。我一直以为你对我不闻不问，只知道专心搞你的研究，原来你这么爱我。我的喜悦如潮水般涌上心头。然而，我没能说出"好，我跟你走""我们一起离开这个家"之类的话。我的整个人明明非常想这么说，但就是有一种无形的束缚让我没能说出口。

那股无形的束缚力来自我的父亲。正如我之前多次提及的那样，我和母亲一直都受到唯我独尊的父亲的制约。对我们而言，那是可以依靠的父亲，也是可怕的父亲。我们已经像被驯服的动物一样，养成了无法反抗父亲的习性。我父亲就像一个杰出的驯兽员，早已把"必须服从"的意识深深地烙在我们的内心。

我终究还是没有勇气。只要有一点点勇气，就能反抗可怕的父亲。我纠结了很久，但最终还是没出息地、遗憾地选择了继续服从。

我一直低头默不作声。你看了我好久，然后温柔地、轻声说了最后一句："我不勉强你了。你多保重身体。"

我再也忍不住，扑到你怀里放声大哭起来。

那天过后，我再也没见过你。我每天都疯狂地想念你，但我依然没有离开父亲的那个家，没能奔向你的怀抱。我真的很没出息。我现在真想好好骂一顿当时的我。

你走以后，我更加体会到我到底有多爱你。寂寞就像刑具，每天折磨着我的身心，让我夜夜不能寐。如果能放声大喊你的名字，也许会稍微好受些吧？

我的心里好像被挖了一个大洞，每天过得魂不守舍。我父亲也觉得我很惨，也许是感到自己有责任，所以安慰我说："不要老想着那个人，我给你找个更好的男人。"但对我来说，这些都是可恨的废话。

说到可恨，我当时还非常恨石井老师，把你从我身边带走的就是石井老师。如果石井老师没有让你觉得他的魅力如此巨大，也许你我之间就不会有分开的理由。你嘴上说你爱我，但其实你对老师倾注的感情更多，而且多很多。一想到那天在咖啡馆见到老师时他那激情澎湃的模样，我就觉得憎恶不已。

你离开我以后，完全没和我有任何联系。我觉得那是你对我的蔑视，因为我没出息，没按你说的跟你走。一想到这里，我连死的心都有。总之，我每天都有数不清的烦恼，每时每刻，你都在我的脑海中挥之不去。

之后父亲给我介绍过很多男人，我连看都没去看。父亲也很吃惊我居然那么倔强，不过他觉得，时间长了，我自然会改变。

就在那时候，你真的去了离我非常遥远的地方。随着战争的日益升温，你应征入伍去了南方。在此之前，我还觉得有一根看不见的纽带牵连着你我,但当我听说你去了战场的消息之后,我明白,我们之间最后的纽带也断了。你我从此是天涯路人。

七

战争把你带去了遥远的南方,而我就像被推入浊流一样深陷泥潭。

随着物资日益匮乏,全国开始进行企业整顿,印刷业也很快成为被调整的对象。好几家同行因此只能合并或停业。

父亲成为合并公司的社长,但合并进来的大多是有问题的公司,所以整体运营很不顺畅,而且油墨、纸张之类的物资越来越紧俏,必须四处奔走、发疯似的争抢才有可能筹措到。另外,因为应征入伍等原因,招工越来越困难,工作效率也没法提高。

就在这时,父亲的手下出现了一个能想我父亲所想、可以独立完成工作的人:桐山武一。桐山之前也是开印刷厂的,和我父亲算是竞争对手,后来因迫不得已的局势和我父亲的公司合并,之后开始大展拳脚。工作上,他确实非常有能耐,比如说特别有门路,可以在特殊时期搞到紧缺的油墨和纸张。

"现在如果没了桐山，公司就不行了。"父亲苦笑道。因为当时是谁都没有预料到的困难时期，父亲日夜辛劳，看起来一下子老了很多。

之后，父亲因为脑溢血而离世，一方面是因为体质关系，另一方面是积劳成疾。

虽然他一生都专横独断，但我和妹妹一直以来依靠着他，他是我们的保护者。所以他突然离世后，我真的不知道该怎么办才好。当时的我非常无助。

"大小姐，你什么都不用担心，剩下的我会做好。你来担任社长，只要坐着就行。"那时候，桐山安慰我、鼓励我。当年他四十二岁，但看起来还不到四十岁。他很瘦，眼睛很大、很有神，是个天生的生意人。

公司里持股最多的是我父亲，而我也想不到别的方法，所以就按桐山说的，继承了父亲的社长职务。

"大小姐，哦，不对，该叫您社长，这些是关于原料的记录。现在只有我们公司能弄到这些。"

桐山翻开账簿，向我说明这是纸张的、那是油墨的，还笑着拍胸脯说，生意上的事全都可以交给他处理。公司里的其他高管也都渐渐成了他的拥趸。这个男人确实有本事。

我一开始还对他心存警惕，担心自己被利用。但他凡事都会向我禀告，虽然他每次说的其实我都不懂，但至少那份诚意让我很感动。渐渐地，我对他信赖起来。有时候我会邀请他一起吃晚饭，亲手做饭招待他，还会把按人头配发给自己的酒水送给他享用。那时候，他每次都会拍拍额头，打趣地说道："哎哟，这怎么敢当？社长亲自为我准备饭菜和酒水，太谢谢了。"他的模样让我感觉他完全没有歹念。

"生意上的事全交给我就行，哪怕全日本找不出一张纸，我们公司也可以有一千、两千张。这年头做生意，有物资就有钱赚。"他说了很多让我放心的话。事实上，他确实帮公司赚了很多钱，所以我对他放松警惕也在情理之中。

然而，桐山利用了我对他的不设防。看到我的戒心日益减弱后，他瞅准机会将我一击攻下。

那天，桐山不知道从哪里一下子弄来五万张纸，运进了仓库里。

"快去看看吧，K制造的模造纸六十斤，两万张；粗制纸三万张。这是我的最新收获。"

当时我刚开始了解生意上的事。

"好厉害！我想看。"说完就和桐山一起进了仓库。

仓库里很暗，天花板很高，在只有烛光般微弱灯光的照射下，像座小山似的纸堆显得朦朦胧胧。

我蹲下身子，撕开外包装的一小角，正打算用手触摸检查一下纸张的质地，就在这时，我感到一股热气扑向我的后脖颈，惊得想要站起身，却已经来不及。

一方面因为顾及他也算是熟人，另一方面则是因为羞耻，结果我没有大叫求助，但这反而更加燃起这个男人的欲望。我的抵抗被这个男人粗暴地压制住，我越是反抗，他越是激烈。我渐渐疲惫无力，最终绝望。这个男人对我施暴前，我用双手捂住了脸。

我的地狱生活从此开始。那天以后，桐山一而再、再而三地把我拉去仓库。他不再叫我"大小姐"或"社长"，而是像叫情妇一样直呼我的名字。

我的血液中流淌着污秽之物。桐山每次约我，为了避人耳目，都会去仓库。在明朗的阳光下，桐山的脸让我感到想要朝他吐唾沫般憎恶不已，但当只有我和他两个人在一起的昏暗时刻，我却渐渐深陷其中、不能自拔。完事之后，我每次都会想到你，被灼烧般的痛苦让我的内心备受煎熬。我成了一个肮脏的女人。

我妹妹去了川崎的军需工厂，桐山扔下他的妻小，顺理成章地住进我家。

八

战争结束前的那场大空袭烧光了我的家、公司和工厂。桐山引以为傲的纸张和仓库也化作灰烬。之前那么大本事的他，也只剩下茫然无措。

终于，战争结束了。

在战后的混乱时期，桐山这样的男人就像战国时代的野武士，特别能得势。

当时是全国上下都对阅读如饥似渴的年代，无论是印在粗制纸还是楮皮纸上，只要是本书就会被疯抢。出版业者急红了眼，到处寻求纸张。只要有纸，大家就会抢着提价竞买。

当时东京和大阪等大都市及其周边已经没有纸张，于是桐山发挥他之前的经验，将触手伸向九州。他的特殊购纸渠道让他发了一大笔财，但他完全不满足，还想赚更多。

"西部军区司令部里还留存着大量宣传用纸，听说被人藏起来了。"

获悉这条信息后的桐山说："机会来了！一定会让你过上好日子的。"他立刻奔赴九州。

就像桐山说的那样，因为他大发横财，我们的生活过得非常富裕。因为我们出得起别人两倍的价钱，所以白得发光的大米、鲜鱼、肉类、砂糖……甚至在当时奇货可居的黄油，都是想要就有。而其他大部分人还在靠野笋裹腹。

去了九州的桐山如愿地收获大量纸张，并因此赚得盆满钵满。因为需要人手，他在当地雇了四五个人。有时候他会带那些人去喝酒。

桐山开始在九州和东京两头跑。从十天回来一次到后来一个月才回来一次。

"喂，我回来了。"一听到桐山在玄关处的声音，我就忍不住跑出去迎接，心情激动地扑进他的怀里。对这个毫无知性、粗鲁野蛮、只有生存本能的男人，我明明非常憎恨，但又感到自己已经完全离不开他，这让我非常痛苦。他待在东京的四五天里，我对他的态度让我自己都不寒而栗，甚至怀疑自己的身体中是否混有畜生的血液。

我对他既爱又恨，而且越是恨他就越想要他。之后，他一个多月没回来，当时我难受得不得了，后来才知道他因为违反政治与经济方面的规定而被九州××检察院起诉。

那时候，坐火车虽然已经不是什么稀奇事，但我还是下了很大的决心才决定前往人生地不熟的九州，因为当时没有别的办法能将桐山在九州必需的开销和物品及时给他送过去。

我如果不去这么一趟，真的会每天都坐立不安。那天我妹妹偶然来找我——她在战后离开了被征用的军需工厂回到家里，但发现我和桐山的关系后立刻离开了家，在某家公司做打字员，和她朋友住在外面。

妹妹趁桐山不在家的时候来找我。她讨厌桐山。

"姐姐，我见到一个难得一见的人。"妹妹坐在坐垫上，以放松双脚的姿势说，"你猜是谁？"

"我怎么知道？"我当时因为想着桐山的事，所以根本没心思听她说闲话，还对无忧无虑的妹妹心怀怨气，但妹妹的下一句话却直击我心。

"是姐夫，英夫姐夫哦。最近他刚从南方复员回来。"我吃惊得差点儿跌倒在地："是……是吗？"

我有些喘不过气来。

"前阵子我在街上偶然遇到他。我也吓了一大跳，他瘦了好多。他说我长大了，还说很想念以前的日子。他很关心你哦。我当时不知道该怎么回答才好，又不能对他说实话。"

我不由得面红耳赤起来。妹妹的话就像无形的鞭子，拥有看不见的力量，猛然地、狠狠地抽打着我。

"所以我说你已经结婚，嫁去远方了。姐夫听后，一脸非常失望的表情。"

我没法直视我的妹妹。我的手指开始发抖。

"姐夫看着我的脸，说我长得很像你，还说有空的话让我常去他那里坐坐。他已经告诉我地址了。"

我一句话都说不出来，痛楚不已。

"所以我去了，作为姐姐的替代品。姐夫很高兴。他的书桌还是老样子，全是书，甚至连桌上都已经放不下，桌子周围也全是石器、土器之类的书籍，多到连下脚的地方都没有。他看着我的脸，一直说你的事。姐姐，你就去一次吧。"

不用我妹妹劝说，我其实非常想去见你，甚至想当场飞过去找你。但是，我对妹妹说的话完全口不对心。

"你说什么呀，我必须马上去九州。要去你自己去。"

"去九州？干吗？"

"你不用管。"

九

坐在开往九州的长途火车上，我离东京越来越远，对身在东京的你却越来越思念。你曾经那样纯情地爱着我。我也曾为你，我曾经的丈夫，奉上过无瑕的爱与尊敬。那时候的记忆依然历历在目。对你的思念分秒递增，回忆像彩色玻璃般透明且美丽。

因为太过美丽，所以我开始反抗自己的意志。我的身体已经坐在火车上，不容我有别的选择。我离九州越来越近，离东京越来越远。越是远离东京，你就变得越高大且美丽。我的丈夫，我不想玷污那时候的记忆。你永远都是我圣洁的丈夫，永远都在我只能远观的位置。

所谓深爱就是如此。

九州之行让我越发堕落。我知道，桐山的背德、堕落和罪恶让我跟着一起深陷泥潭。我就直说了吧，从某种意义上来说，桐山也是我忘不了的男人。因为我的堕落，我与你的距离越来越远，就算哭也没用，你已经在我无法触及的远方。你是我的偶像，爱与尊敬的偶像。

桐山从看守所被释放的时候，世界已经恢复秩序，正常的生产得以复工，纸张的黑市自然就荡然无存。

然而，桐山和他的同伙们却忘不了以前一夜暴富的滋味，这些人注定要走上不归路。他们开始走私毒品，失败后又做了强盗……

我来到这座女子监狱的过程大致就是如此，其他的我不想多说。我沦落到这般田地，可以说是受桐山的连累，但也可以说是源自我自己不可抗拒的意志。桐山获刑四年，现在不知道被关在哪里。

亲爱的。请允许我叫你亲爱的，到死我都觉得你是我的丈夫，我唯一的丈夫。昨天看到周刊的时候，我打从心底里想对你说：恭喜你。请你继续变得更加、更加、更加伟大。

今天早上，我进了休养室，写下这些可以说是手记也可以说是信件的文字。最近我的身体越来越糟。写下的这些话其实并没打算寄给你。只是觉得写出来之后，我可以稍稍释怀。我马上就把它撕成碎片。

已经入夜了，从二楼的铁窗可以看到远远的K市亮起夜晚的灯光。这是女囚最讨厌的灯光，因为这会勾起我们无限的思乡之情。

最近，晚上能看到越来越多的霓虹灯，这也是令大家愤慨的。寺冈澄子曾说过："我的刑期比较短，会先出去，但出去后我要到那条街上把所有霓虹灯一个个全都砸碎，然后再被抓进来，回到姐姐你的身边。"

我就写到这儿。亲爱的。

亲爱的，晚安。